FUSION FANTASTIC STORY

다크홀릭 퓨전 판타지 소설

건들면 죽는다 11

다크홀릭 퓨전 판타지 소설

초판 1쇄 찍은 날 § 2015년 7월 9일
초판 1쇄 펴낸 날 § 2015년 7월 16일

지은이 § 다크홀릭
펴낸이 § 서경석

편집책임 § 김현미

펴낸곳 § 도서출판 청어람
등록번호 § 제387-1999-000006호
등록일자 § 1999. 5. 31
어람번호 § 제1-2171호

주소 § 경기도 부천시 원미구 심곡2동 163-2 서경B/D 3F (우) 420-822
전화 § 032-656-4452팩스 § 032-656-4453
http://www.chungeoram.com
E-mail § chungeorambook@daum.net

ISBN 979-11-04-90310-6 04810
ISBN 978-89-251-3509-0 (세트)

TOUCHED
TO DIED

건들면 죽는다

FUSION FANTASTIC STORY

다크홀릭 퓨전 판타지 소설

청어람

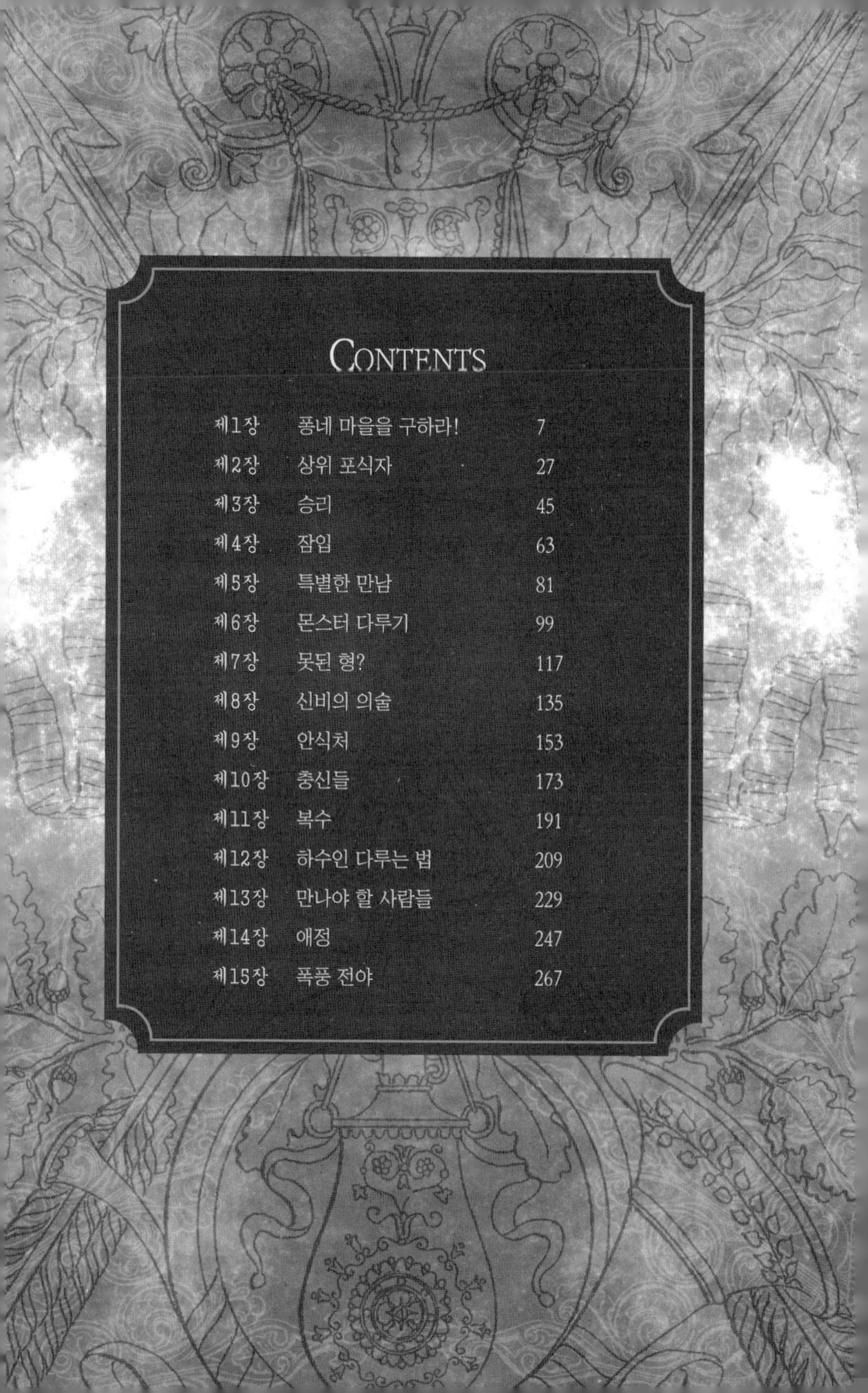

CONTENTS

Chapter 01

퐁네 마을을 구하라!

1

마을 자경대원들을 죽일 때만 해도 들개파 무리들은 마을을 점령하는 데 아무런 문제가 없을 것이라고 생각했다. 그랬기에 마을 사람들을 사냥하겠다며 잔인한 즐거움에 빠져들기 시작했다.

두두두두~!

"크하하하! 고년 참, 날로 먹어도 아깝지 않겠구나. 이리 와라!"

"꺄아아아~!"

이들은 그동안 참았던 욕정을 마음껏 풀기 위해 가장 먼저 아녀자들을 노렸다. 그 모습을 지켜보면서도 들개파의 보스 멘체스터는 아무런 제지도 하지 않았다. 이 무지막지한 자들을 거느리고 대업을 도모하려면 이 정도 보상은 주어야 함을 잘 아는 탓이다.

그러나 이런 모습을 보면서 치를 떠는 사람이 있었다.

'빠드득… 저런 쳐 죽일 놈들……. 인간의 탈을 쓰고 짐승과 다를 바 없는 짓을 하려 들다니… 형의 당부만 아니었어도 단숨에 숨통을 끊어놓았을 텐데 그럴 수도 없고… 젠장.'

이를 갈고 있는 사람은 바로 욜라였다. 그녀의 능력이면 현재 이 들판에서 설치고 있는 놈들을 모조리 처리할 수 있다. 그러나 그녀는 애초부터 숀에게 다짐 받은 일이 있어서 참을 수밖에 없었다.

"이번 일은 마하엘에게 맡겨야 한다는 것을 잊지 말아라. 녀석에게는 무척 소중한 경험이 될 테니까 말이야. 아주 특별한 경우가 아니면 우선은 참아 다오."

숀은 애초부터 이번 일을 마하엘의 훈련 정도로만 생각하고 있었다. 그렇다고해서 그가 죄 없는 영지민들을 속절없이 죽게 할 사람은 아니다. 그것을 알기에 욜라는 적정한 선까지는 참고 있었지만 눈앞에서 여자들이 그냥 당하게 둘 생각은 없었다.

'이제 곧 녀석이 도착할 테니 그때까지 장난이라도 좀 쳐야겠네.'

샤~!

그렇게 욜라는 장내에서 감쪽같이 사라졌다.

"제, 제발 살려주세요!"

"시끄러워, 이년아! 그냥 입 다물고 옷이나 벗어. 그러면 살려주마. 어서!"

"흑흑흑. 하지만 저는 남편이 있는 몸 입……."

철썩!

"당장 벗지 못해!"

찌익—!

"아악!"

짐승 같은 사내들의 폭력 앞에 여인네들은 실로 비참했다. 어떻게 해서든지 순결을 지키려고 애를 써보았지만 그저 허망한 몸짓에 불과했다.

결국 남편이 있다는 이 여인도 사내가 옷을 잡아 찢어버리는 바람에 순식간에 알몸이 되어가고 있었다. 이대로라면 곧 씻을 수 없는 치욕을 당할 수밖에 없을 터였다. 그렇게 사내가 여인의 마지막 남은 속옷을 찢어버리려는 순간,

갑자기 땅에서 하얀 손 하나가 솟아올랐다.

불쑥!

"허억! 뭐, 뭐냐?"

슈욱~퍼억!

"크아악! 터, 터졌… 끄륵……."

사내가 그것을 발견하고는 놀라 주춤하는 사이 그 손이 주먹으로 화하더니 그대로 그의 사타구니를 강타해 버렸다. 그 한 방에 사내는 입에 거품을 물며 땅바닥을 구르다가 그대로 졸도해 버리고 말았다.

"으으."

"쉿! 살고 싶으면 입 다물고 내가 시키는 대로 해라."

손의 주인은 바로 욜라였다.

그녀는 거의 전라로 오들오들 떨고 있는 여인에게 방금 쓰러진 자의 겉옷을 벗겨 입혔다. 그러더니 그녀를 안고 순식간에 그곳에서 벗어났다.

"이곳에서 기다려라."

끄덕끄덕.

욜라의 이런 움직임은 근 이십여 차례 더 이어졌다.

위기에 처해 있던 마을의 여인들과 소녀들을 모두 구했던 것이다. 욜라의 움직임이 빠르고 은밀한 데다 뒤처리가 깔끔해서인지 대부분의 들개파 무리들은 눈치를 채지 못하고 있었다.

하지만 그 상황은 오래 지속되지 못했다.

"모두 동작 그만!"

"동작 그만!"

마침내 수하들 여럿이 쓰러져 있다는 보고를 받은 보스가 목소리에 힘을 실어 외쳤다. 그러자 괴상한 소리를 지르며 사방을 휘젓고 다니던 녀석들이 동시에 멈추어 섰다.

"적이 나타난 것 같으니 주변을 철저하게 수색해라!"

"네!"

만일 욜라의 이런 활동이 없었다면 훨씬 많은 마을 사람이 죽거나 다쳤을 것이다.

여자들을 겁탈하려던 놈들 외에는 모두 마을 사람들을 사냥하던 중이었기 때문이다. 그들은 보스의 명령에 일단 사냥을 중지하고 주변 수색에 전념했다.

어차피 마을 사람들이야 천천히 사냥해도 충분하다고 생각한 것인데, 그들은 달릴 수 있는 말도 없는 상태라 모두 삶을 포기한 채 한곳에 모여 있었기 때문이다.

"이제 곧 렌탈 영지군이 올 것이니 모두 이곳에서 입 다물고 숨어 있어라. 알겠지?"

끄덕끄덕.

복면을 쓰고 있어서 욜라의 나이가 몇 살인지 잘 파악이 안 될 뿐더러 일부러 목소리까지 깔고 말을 하니 듣지 않을 수 없었다. 또한 그녀가 아니면 모두 큰 변을 당할 뻔했으니 더욱 그럴 수밖에 없었다.

슉~!

"저분은 대체 누구일까요?"

"글쎄……. 목소리나 체형으로 보아 여자인 것은 분명한데 어쩜 저렇게 놀라운 능력을 가지고 있는지 모르겠네. 아무튼 덕분에 살았으니 일단 시키는 대로 잘 숨어 있자고. 저분이 누구인지는 나중에 알아도 되잖아."

욜라가 또다시 귀신처럼 사라지자 남아 있던 여자들이 그녀에 대한 대화를 나누다가 모두 입을 다물고는 나무와 풀이 우거진 쪽으로 숨어들었다. 보아하니 이곳은 들개파 무리들이 설치고 있는 곳에서 제법 떨어진 곳 같았다.

어쨌든 그렇게 아녀자들을 구하고 다시 사라진 욜라는 그대로 렌탈 영지군이 있는 곳으로 날아갔다.

"더 빨리 달려라!"

"네! 끼랏!"

히이잉~!

두두두두!

그들은 마하엘이 타고 있는 사두마차를 선두로 모두 말

을 타고 달리고 있었다. 워낙 신속하게 움직여서 그런지 어느덧 퐁네 마을 인근까지 온 상태다.

“끼루, 내가 명령을 내리기 전까지는 절대로 나서면 안 된다. 알겠지?”

끼룩끼루룩~!

마차 안에는 마하엘과 끼루가 대화를 나누고 있었다. 갈수록 인간의 말을 더욱 정확히 알아듣는 끼루였다.

사실 알고 보면 마하엘도 말을 타고 멋지게 달리고 싶었다. 그러나 그러기에는 아직 키가 작아서 무리였다. 그 때문에 그냥 끼루를 잡고 날아갈 생각도 했었지만 그것은 적들에게 자신의 전력을 보여주는 꼴이 될 것 같아 결국 마차를 선택할 수 밖에 없었다.

스르르.

바로 그때, 마차의 벽에서 그림자 하나가 생성되더니 이윽고 욜라의 모습으로 바뀌었다. 눈으로 보면서도 믿기 어려운 은신술이다.

“헉! 누, 누나!”

“앞으로 오 분 후면 적들이 보일 것이다. 그러기 전에 전열을 정비하고 전투 준비를 해두어라. 기습만큼 다수의 적에게 효과적으로 이득을 얻을 수 있는 방법은 없지.”

“그렇지 않아도 출발하기 전에 세워놓은 작전이 있어요.

타이밍이 걱정이었는데 누나 덕분에 쉬워질 것 같네요."

욜라의 말에 마하엘이 반색을 하며 대꾸했다. 그러더니 곧바로 마차 창문으로 머리를 내밀며 얼마 전 욜라가 자신을 부를 때 쓰라고 줬던 호루라기를 입에 물더니 힘껏 불었다.

삐이익~!

"명령이 떨어졌다. 모두 부대별로 작전 개시!"

"작전 개시!"

히이잉~!

렌탈 영지군의 총대장을 맡고 있는 기사 발통의 외침에 달리고 있던 영지군들이 모두 말을 멈추었다. 그러고는 각자 자신의 말의 발굽에 뭔가를 신겼다.

바로 소리를 죽이기 위해 만든 솜을 넣어 만든 천으로 된 신발이었다. 과거 단데스 영지군과 싸울 때 썼던 것보다 더욱 발전한 종류인 것 같았다.

"척후병의 보고가 들어오기 전까지 전속력으로 달려라!"

"네!"

다시 이동 명령이 떨어지자 멈추었던 부대가 힘차게 달리기 시작했다.

확실히 조금 전보다 훨씬 조용한 울림을 남긴 채 그들은 마치 한 몸인 것처럼 사라져 갔다.

2

욜라의 활약이 없었다면 렌탈 영지군이 도착하기 전에 이미 퐁네 마을은 완전히 사라졌을 것이다. 그리나 그녀가 주의를 돌려놨기 때문에 지금 들개파 무리들은 모두 동료들을 공격하고 여자들을 빼돌린 적을 찾기 위해 혈안이 되어 있었다.

"아직도 못 찾았나?"

"네, 보스! 하지만 지금 주변을 샅샅이 뒤지고 있으니 곧 발견될 것입니다."

이들을 이끌고 있는 멘체스터의 신경질적인 말에 수하 한 명이 자신만만하게 대꾸했다.

여자들과 함께 움직이고 있는 이상 금방 찾아낼 수 있을 것이라고 생각한 모양이다. 그렇게 수색은 쉴 새 없이 이루어지고 있었지만 시간이 흘러도 별다른 진전은 보이지 않고 있었다.

그러자 멘체스터가 한때 라이온파를 이끌던 파슬레를 불렀다.

"이것 봐, 파슬레."

"네, 보스!"

"아무래도 예감이 좋지 않으니 수색을 중단하고 수하들을 모두 집합시키게."

"알겠습니다! 모두 수색을 중단하고 집합하라!"

"모두 집합하라!"

보스의 명령을 받자마자 파슬레가 큰 목소리로 집합 명령을 내렸다. 동시에 사방에서 중간 간부들이 그의 말에 복창했다. 그런데 바로 그때, 전혀 예상하지 못했던 일이 벌어졌다.

"지금이다! 쳐라!"

"와아아아~!"

갑자기 그들의 주변 곳곳에서 커다란 함성과 함께 일단의 무리가 공격해 왔던 것이다.

바로 렌탈 영지군이었다.

"적이 나타났다. 모두 막아라!"

"막아라!"

그것을 발견하고 집합을 하기 위해 움직이던 들개파 무리들이 저항을 시작했다. 그러나 수년 이상을 훈련해 온 정예 병사들의 실력은 엄청났다. 게다가 그들은 신인이라고까지 칭송받고 있는 숀의 특별 훈련을 받아 마나 사용이 가능한 괴물 병사들이었다. 어중이떠중이 산적 무리들이 막을 수 있는 병사가 아니라는 뜻이다.

"허튼 소리! 받아라! 타핫!"

쉬익~!

"크악!"

"여기도 있다. 이얍!"

서걱!

"켁!"

그를 증명이라도 하듯 일단 부딪치기 시작하자 들개파 무리들은 검 한번 제대로 휘둘러 보지도 못한 채 맥없이 쓰러져 갔다.

미리 준비를 하고 있었다면 조금 나았겠지만 상대는 그렇게 자비롭지도, 멍청하지도 않았다. 아니, 도가 지나칠 정도로 철저하고 신속하게 기습을 해왔다고 할 수 있었다. 그 바람에 들개파의 피해는 생각보다 심각했다.

"아무래도 일단 후퇴해야겠습니다. 보스! 적들의 전력이 생각 이상입니다!"

"그렇게 겁먹을 필요 없다. 우리에게는 아직 비장의 한 수가 남아 있지 않느냐. 그러니 당황하지 말고 아군들에게 다시 명령을 내려 최대한 빨리 이쪽으로 집결시켜라."

"알겠습니다!"

중간 간부 중 한 명이 뛰어와 다급한 어조로 보고했지만 멘체스터는 그리 당황하지 않고 명령을 다시 내렸다. 그에게는 아직 강력한 몬스터들이 있기에 겁날 것은 없었다.

"모두 집결하라!"

"집결!"

우르르르~

일방적으로 당하다가 이제야 살길이 열렸다고 생각했는지 들개파 무리들의 움직임은 그야말로 눈부실 지경이었다. 이로 보아 그동안 위험할 때 내빼는 연습은 꽤 많이 한 것 같았다.

뿌우우우~!

"렌탈 영지군도 집합하라!"

"집합!"

이번에는 렌탈 영지군 측에서 커다란 뿔피리 소리와 함께 총대장 발통의 외침이 울려 퍼졌다. 그들 역시 병사들을 한곳으로 모으려는 모양이었다. 하긴 이런 경우 섣불리 적들을 쫓게 되면 오히려 전력이 분산될 위험이 있었다.

"형이 없어서 아주 형편없을 줄 알았더니 그래도 생각보다는 쓸 만하네. 강한 군주 아래 약졸은 없다 이건가? 이대로라면 굳이 내가 나설 일은 없겠네. 옆에서 슬슬 구경이나 해야지. 그게 형이 원했던 일이기도 하니 말이야. 하아암~!"

멀리서 그 모습을 지켜보던 욜라가 길게 기지개를 켜면서 중얼거렸다. 그것도 지상에서 족히 십여 미터는 될 것 같은 높이의 나무 위에서 말이다.

“여자들은 겁을 잔뜩 먹고 있어서 쉽게 저 자리를 떠나지는 않을 것 같고… 몬스터들은 그 꼬마가 데리고 있는 녀석이면 충분하다고 하니 결국 내가 할 일은 진짜 없었네. 그래도 한 가지 다행인 것은 오늘 잘 하면 스톰 와이번의 능력을 구경할 수도 있다는 거잖아. 그걸로 위안을 삼자. 진짜 그 조그만 녀석이 무지막지한 몬스터들을 전부 다 상대할 수 있을지는 의문스럽지만 다른 사람도 아닌 괴물 형의 말이니 뭐…….”

어느새 욜라는 숀의 말이라면 모두 믿게 되었다.

그 자체가 워낙 불가사의한 존재인지라 저절로 그렇게 된 것이다.

어쨌든 그녀가 이처럼 일촉즉발의 살벌한 분위기 속에서 한가한 소리를 하고 있을 때 들개파의 진영 쪽은 꽤나 심각했다.

“아무리 기습을 당했다고 하나 적들의 숫자는 고작 일백여 남짓이다. 그런 데도 그렇게 일방적으로 당한다는 게 말이 되나!”

멘체스터가 화가 난 목소리로 대원들을 책망하자 중간간부 한 명이 말문을 열었다.

“죄송합니다, 보스! 하지만 저들은 보통의 병사가 아닌 것 같았습니다."

그의 말이 멘체스터의 신경을 더욱 거슬리게 했다.

"보통의 병사가 아니라니? 그건 또 무슨 헛소리냐?"

"비록 몇 수 겨루지는 못했습니다만 검과 검이 부딪힐 때 미세하지만 마나의 기운이 느껴졌거든요."

"뭐라고? 네 말은 고작 일개 병사가 마나를 운용했다는 말인가?"

"그, 그렇습니다."

자신이 말을 해놓고도 막상 멘체스터가 되묻자 자신감이 사라졌던지 중간 간부는 은연중 떨리는 목소리로 대꾸했다.

"그렇다면 그자는 병사가 아닌 기사였겠지. 어쩌면 일부러 병사의 복장을 하고 있었을 지도 모르고……."

"보스! 저도 비슷한 놈을 만났었습니다. 그자가 마나를 운용해서 제 검을 이 지경으로 만들어놓았거든요."

뒤쪽에서 또 다른 중간 간부 한 명이 말과 함께 뭔가를 내미는 것 같아 보이자 멘체스터가 아예 그를 앞으로 불러냈다.

"이리 가지고 나와라."

"네!"

"그 검이냐?"

"네, 이쪽을 보십시오. 마치 보검으로 자른 것처럼 매끄럽게 잘리지 않았습니까? 제 검도 한때 제법 잘나갔던 기사가 쓰던 거라 강도가 그리 약하지는 않거든요."

"이리 줘봐라."

"네, 여기……."

그가 보여주는 검은 날이 반도 채 남아 있지 않았다. 그의 말처럼 다른 검에 의해서 잘린 모양이다. 검을 받아 든 멘체스터는 손잡이부터 잘린 부위까지 세밀하게 관찰하기 시작했다. 그런 그의 눈에서는 묘한 빛이 흘러나오고 있었다.

"이 검을 분명 병사가 잘랐다는 말이냐?"

"그렇습니다. 그자는 린넨으로 만든 볼품없는 옷을 입고 있었습니다. 하지만 그가 제 검을 쳐낼 때 그의 검에서 푸른빛이 잠깐 일렁이는 것을 분명히 보았습니다. 그게 마나가 아니고 뭐겠습니까?"

일반 병사보다 한 등급 높은 선임 병사부터는 가죽 갑옷을 입는다. 하지만 가장 하급 병사들은 모두 가장 흔한 린넨 옷이 고작이었다. 그런 병사가 마나를 사용했다니… 보지 않고서는 절대 믿을 수 없는 이야기였다.

"한심한 놈들 같으니라고… 그 어느 영지든 마나를 사용하는 병사는 존재할 수 없다. 아예 배울 수조차 없기 때문이지. 너희들은 지금 적들의 계략에 속고 있는 것이다. 놈들은 병사가 적다 보니 전원이 마나를 쓸 수 있는 것처럼 사기를 치고 있는 것이 분명하다. 그러니 동요하지 말고 어서 다시 전열을 가다듬어라. 이제 곧 몬스터들을 불러내서 정면 공격을 개시할 것이다!"

"알겠습니다!"

멘체스터가 허투루 보스가 된 것은 아닌 모양이다. 그의 말 한마디로 겁에 질려 있던 들개파 무리들의 사기를 단숨에 올려놓는 것을 보면 말이다.

어쨌든 그 덕분에 곧 지리멸렬할 것 같았던 들개파 무리들의 움직임이 다시 활발해졌다. 그러면서 그들은 조금 전 렌탈 영지군에게 당했어도 아직까진 자신들의 숫자가 훨씬 많음을 다시 한 번 깨달을 수 있었다.

빠르게 열과 행을 맞춘 다음 점검해 본 자신들의 숫자는 모두 삼백육십 명이나 되었던 것이다. 바로 그때, 다시 멘체스터의 명령이 떨어졌다.

"몬스터 부대를 앞쪽으로 전진 배치하라!"

"알겠습니다!"

그르르릉—!

묵직한 괴음과 함께 등장한 것은 거대한 마차들이었다.

그것들은 모두 서른 대나 되었고 그 안에는 실로 섬뜩한 몬스터들이 타고 있었다. 전투가 벌어질 때를 대비해 최대한 체력을 비축해 놓으려고 이처럼 마차로 몬스터들을 운반해 왔던 모양이다.

“문을 열어라!”

“네!”

덜컥! 쿵!

크와아아아~!!

그리고 마침내 몬스터들이 엄청난 포효와 함께 등장했다.

Chapter 02
상위 포식자

1

몬스터들의 포효가 들판과 숲 여기저기로 퍼져 나갔다. 그것은 듣는 모든 이에게 섬뜩한 공포로 다가왔다.

"이, 이게 무슨 소리지?"

"오크들이 사냥에 나설 때 지르는 소리 같아. 어릴 때 아버지와 함께 들어본 적이 있거든. 이럴 때일수록 조용히 자리를 지키는 것이 더 안전해. 그러니 모두 입을 다물라고."

끄덕끄덕.

욜라가 구해준 숨어 있던 여자들의 반응은 특히 민감했다. 그렇지 않아도 잔뜩 겁에 질려 있었는데 무시무시한 포효가 들려왔으니 얼마나 두려웠겠는가. 그나마 아버지와 함께 오크를 본 적이 있는 여성 덕분에 분위기는 조금 나아졌다.

그녀가 아직까지 살아 있는 것을 보고 그녀의 방법이 옳다고 여긴 탓이다. 그렇게 이들이 침묵을 지키고 있을 때, 렌탈 영지군 진영에서도 작은 소요가 일어났다.

"오크들이다!"

"미노타우로와 고블린도 보여. 세상에 무슨 놈의 몬스터가 저렇게 많지?"

"모두 동요하지 말고 조용히 하라!"

"……."

아무리 마나를 다룰 수 있다고 하나 아직은 미미한 수준이다. 진짜 실력자들은 모두 손을 따라갔기 때문이다. 물론 그렇다고 해도 일반 영지의 병사들과는 비교할 수 없을 만큼 강한 것은 사실이나 지금 등장한 몬스터들과 비교할 바는 아니었다.

만일 지금 총대장 발통의 호통이 아니었다면 겁을 집어먹었을지도 모를 정도다.

그렇게 다들 긴장한 상태에서 침묵을 지키고 있을 때 적 진영 쪽에서 날카로운 인상의 중년인이 앞으로 나섰다.

"나는 이 일대를 장악하고 있는 들개파의 보스 멘체스터다! 살아 돌아갈 수 있는 기회는 지금뿐이다. 지금 당장 항복하라! 그렇지 않으면 엄청난 피를 보게 되리라!"

멘체스터가 엄포를 놓자 기사 발통이 그에 못지않은 카리스마를 뿜어내며 맞대응했다.

"정녕 앞뒤조차 모르는 무지한 놈이로구나. 일개 산적 주제에 감히 국왕께서 다스리는 영지를 차지하겠다니… 지금이라도 잘못을 뉘우치고 당장 무릎을 꿇어라! 그렇지 않으면 모두 반역죄로 다스려 네놈들의 삼족까지 멸살할 것이다!"

어찌 되었든 말싸움으로는 확실히 국왕의 군대라고 할 수 있는 영지군 쪽이 유리할 수밖에 없었다. 그 점을 깨달았는지 멘체스터는 잠시 발통을 노려보다가 이윽고 다시 입을 열었다.

"정녕 관을 보아야 눈물을 흘릴 자로구나! 좋다! 그렇다면 이제부터 벌어지는 일은 네놈들이 자초한 것이니 나를 원망하지 마라!"

삐이이익~! 삐삑!

크오우워~!

쿵쿵쿵!

말을 끝마친 멘체스터가 목에 걸려 있던 피리처럼 생긴 것을 힘껏 불자 놀랍게도 모든 몬스터들이 앞으로 한 걸음

내딛으며 크게 포효했다. 그 모습이 마치 전투태세를 취하는 것처럼 보였다.

"모두 발리스타와 활을 준비하라!"

"발리스타 발사 준비!"

"궁수대 발사 준비!"

우르르르~ 처척!

이미 적들에게 몬스터 부대가 있다는 것을 알고 있던 렌탈 영지군은 특수 무기를 준비하고 있었다.

그중 발리스타는 아무리 피부가 단단한 몬스터라고 해도 단숨에 뚫을 수 있는 위력이 있었다. 다만 장전하고 발사하는 데까지 시간이 꽤 오래 걸리는 데다가 한 번에 한 발 이상 쏠 수 없다는 단점이 있었다. 그나마 그것도 겨우 여섯 대뿐이었으니 기동력이 빠른 몬스터들을 제압하기에 큰 도움이 될 것 같지는 않았다.

바로 그때, 마하엘이 마차에서 내려 발통에게 다가갔다. 그런 그의 가슴 쪽은 왠지 불룩해져 있었다. 품속에 끼루가 있었기 때문이다.

"발통 경!"

"네, 영주 대행님."

"몬스터들은 내가 처리할 테니 모두 뒤로 물리세요."

"네? 대, 대행님께서요? 갑자기 그게 무슨 말씀이신

지……."

이 주변에 있는 인물들 중에 욜라를 제외하고는 그 누구도 끼루의 능력을 알지 못했다. 어차피 말을 해도 어느 한 사람 믿을 리 없을 터라 마하엘이 말을 아꼈기에 더 그랬다.

그런 상황에서 갑자기 열세 살 소년이 혼자 저 무지막지한 몬스터들을 상대하겠다고 하니 얼마나 어처구니가 없었겠는가.

"지금 내 품 안에 있는 끼루가 저놈들을 처리할 것이니 모두 뒤로 물러서라고요!"

"하지만 영주 대행님. 지금 적들이 끌고 온 몬스터들은 그 수가 무려 백여 마리에 달합니다. 그중 중형 몬스터만 해도 마흔일곱 마리입니다. 그 많은 몬스터를 겨우 한 마리가 감당한다는 말입니까?"

마하엘이 데리고 다니는 몬스터의 능력을 정확히 알지는 못해도 힘이 제법 강하다는 것 정도는 알고 있었다. 그러나 그건 누가 봐도 저 많은 몬스터를 처리할 수 있을 정도의 수준은 아닐 것이었다.

마하엘이 비밀 유지를 위해 단편적인 능력만 보여주었으니 그렇게 생각하는 것도 어쩌면 당연했다.

"끼루를 나에게 선물해 주신 주군께서 이렇게 말씀하셨

죠. 이 녀석이야말로 모든 몬스터들 가운데서도 가장 상위에 있는 포식자라고……. 이 이야기가 무엇을 뜻하는지는 알고 계시겠죠?"

"그, 그건 당연히 그렇습니다만 그래도……."

모든 짐승이나 몬스터들은 자신보다 상위에 있는 포식자를 본능적으로 두려워하게 되어 있다. 쉽게 예를 들어 양이 백 마리 이상 모여 있다고 해도 늑대 한 마리를 당할 수 없다는 뜻이다.

기사 발통도 그 점은 알고 있었지만 문제는 그 상위 포식자라는 녀석의 외모였다. 아무리 잘 봐줘도 키는 겨우 오륙십 센티미터가 될까 말까 싶었고 몸무게는 10킬로그램을 넘지 못할 것 같았다. 지금 몰려온 몬스터들 가운데 가장 약하다는 고블린의 반도 채 안될 것 같은 크기다. 그러니 어찌 선뜻 그 말을 믿을 수 있겠는가.

"이것 보세요, 발통 대장. 당신은 설마 우리들의 주군께서 하신 말씀까지 믿지 못하는 것은 아니겠죠?"

"물, 물론입니다. 누가 그분의 말씀을 믿지 못하겠습니까?"

결국 마하엘은 숀을 내세웠다.

렌탈 영지의 모든 기사와 병사는 숀을 거의 신처럼 여기고 있는 상태였다. 그건 발통도 마찬가지였다.

"그럼 이제 어서 모든 병사에게 뒤로 물러나라고 명령하세요."

"휴우… 알겠습니다. 하지만 영주 대행님."

"네."

"부디 조심하셔야 합니다. 행여나 대행님께 무슨 일이라도 생긴다면 저는 죽어서도 렌탈 남작님을 뵐 면목이 없을 테니까요."

발통은 꽤 오랫동안 렌탈 영지에 충성을 바친 기사이다. 마하엘 역시 그런 그의 충성심을 알고 있었기에 그가 아무리 귀찮게 잔소리를 해도 화를 내거나 인상을 쓰지 않았다. 아니, 오히려 안심하라는 듯 미소까지 지으며 다시 입을 열었다.

"그냥 가만히 지켜보기나 하세요. 설혹 내가 죽고 싶어 해도 이 녀석이 절대 그냥 두지 않을 테니까요."

끼룩~!

"그 말씀… 믿겠습니다."

마하엘이 품속을 툭툭 두드리며 말하자 그 말이 맞다는 듯 끼루가 작은 소리로 대꾸했다. 그 소리를 들으며 결국 발통도 한 발 뒤로 물러났다. 그러고는 곧 큰 목소리로 영지군에게 명령을 내렸다.

"전군은 지금 즉시 뒤로 물러나라!"

"발리스타 부대도 말입니까?"

"그렇다! 어서 서둘러라!"

"알겠습니다!"

발통이 갑자기 이런 명령을 내리자 렌탈 영지군은 모두 의아해했다. 코앞에 대규모 몬스터 부대를 두고 물러서라니…….

특히 강력한 무기인 발리스타 부대원들의 의구심은 더욱 큰 것 같았다. 하지만 명령이 떨어진 이상 지체할 수는 없었다. 그렇게 영지군이 일제히 뒤로 물러나자 멘체스터의 눈빛이 번들거렸다.

"그러면 그렇지. 놈들이 겁을 집어먹은 모양이군. 모두 잘 들어라! 몬스터 부대가 전진하면 그 뒤를 바짝 따라가 도주하는 적들을 주살하라! 알겠는가!"

"알겠습니다!"

"좋아! 그럼 공격이다! 삐이이이익~!"

크와아아아아~!

"와아아아아~!"

두두두두두~!

마침내 커다란 신호음과 함께 몬스터 부대와 들개파의 공격이 시작되었다. 그들은 마치 성난 해일처럼 들판을 가로질러 무지막지하게 달려오고 있었다.

2

엄청난 먼지와 함께 달려오고 있는 몬스터들의 기세는 실로 엄청났다. 그러나 마하엘은 조금도 두렵지 않은지 입가에 살짝 미소까지 띤 채 영지군의 가장 앞쪽에 홀로 당당하게 서 있었다. 그러면서 속으로 그들의 숫자를 느긋하게 헤아리고 있었다.

'하나, 둘, 셋… 어디 보자. 오크 전사 열다섯에 오크 주술사가 열다섯, 거기에 미노타우로는 열일곱이고 마지막으로 고블린이 오십이구나. 과연 욜라 누나의 정보는 틀림없네. 그런데 저 무서운 녀석들을 정말 끼루 혼자 당해 낼 수 있을까?'

겉으로 볼 때는 조금의 흔들림도 없어 보였지만 그의 속마음은 약간 달랐다. 알고 보니 잔뜩 긴장한 채 이런 걱정을 하며 심하게 떨고 있었던 것이다. 하긴 이제 그의 나이 불과 열세 살 아니던가.

전투 경험이라고는 전무한 그의 입장에서 저런 대규모의 몬스터 부대가 몰려오고 있는데 태연하다면 그게 거짓말일 터였다.

다만, 자신을 지켜보고 있는 수많은 영지군의 시선 때문에 억지로 태연한 척하고 있을 뿐이었다.

물론 그렇게라도 할 수 있는 것은 언젠가 해주었던 손의 말이 있었기 때문이었다.

"반일 무서운 적을 맞이하게 되는 일이 생기면 무조건 끼루를 믿어라. 그 녀석은 내가 데리고 다니는 꼴라를 제외하면 모든 몬스터의 왕이라고 할 수 있단다. 그만큼 엄청난 능력이 있다는 뜻이지. 무슨 말이니 알겠느냐?"

'몬스터들의 왕' 이라는 이 한마디가 지금 마하엘에게 커다란 용기를 주고 있었다.

"끼루야, 자신 있지?"

끼루룩~ 끼룩!

그가 작은 목소리로 자신의 품속을 보며 묻자 끼루가 얼른 대꾸했다.

순간 마하엘은 녀석이 걱정하지 말라고 하는 것을 알아들을 수 있었다. 끼루가 자신의 말을 알아듣는 것은 그리 이상하지 않았지만 자신의 끼루의 말을 이해한 것은 이게 처음이었다.

"너 방금 걱정 말라고 한 거니? 맞아?"

끼룩~!

"아하하하! 그래, 널 믿겠다. 이제 나와라!"

툭.

끼루가 그렇다고 대답하는 것까지 알아듣게 되자 마하엘은 지금 무서운 몬스터 부대와 들개파가 몰려온다는 사실마저 잊은 채 마냥 신나게 웃고 말았다. 그러면서 마침내 끼루를 품속에서 꺼내 놓았다.

그러자 끼루가 크게 기지개를 켜더니 마하엘의 앞쪽을 왔다 갔다 하기 시작했다.

끼끼루~

아장아장. 뒤뚱뒤뚱.

제 딴에는 온갖 무게를 잡고 거니는 듯했지만 다른 사람들이 볼 때는 그야말로 애교 짓이다.

그런 모습을 보던 렌탈 영지군의 기사 한 명이 매우 불안한 목소리로 발통에게 물었다.

"총대장님, 정말 이대로 기다려도 되는 겁니까?"

"영주 대행님의 지시다. 그러니 저분의 다음 명령이 있기 전까지는 무조건 기다려라."

"알겠습니다. 하지만 솔직히 조금 두렵습니다. 선공을 퍼부어도 승리를 장담할 수 없을 텐데 마냥 기다려야 하다니 말입니다."

"그건 나도 마찬가지다. 하지만 저분에게 이런 지시를 내린 분이 바로 주군이시다. 그러니 명대로 따라라."

"주군께서요? 그렇다면 조금 안심입니다."

"후우~"

주군이라는 그 한마디에 질문을 했던 기사뿐 아니라 둘의 이야기에 귀를 기울이던 모든 병사가 안도의 한숨을 내쉬었다. 그만큼 숀이 미치는 영향력이 대단한 모양이다.

아무튼 그러는 사이에 들개파 무리들이 렌탈 영지군의 목전까지 다가왔다.

그리고 공격 태세에 들어가기 직전 다시 한 번 몬스터들이 귀청이 찢어질 것 같은 포효를 질러댔다. 동시에 뒤에서 따라오던 들개파들 역시 전투의 시작을 알리는 함성을 외쳤다.

크와아아아~!

"와아아아!"

렌탈 진영의 입장에서는 그야말로 오싹한 소름이 돋아날 만한 순간이었다.

그런데 바로 그때,

끼루룩~ 끼룩끼룩~!!

그 조그만 체구에서 나온 소리라고는 믿을 수 없는 어마어마한 괴성이 끼루의 입에서 터져 나왔다. 그리고 그 누구도 믿을 수 없는 광경이 펼쳐졌다.

꾸아아악~!

넙죽!

굽실굽실.

그렇게 무섭고 살벌해 보였던 오크들과 미노타우로, 그리고 고블린 등이 그대로 땅바닥에 넙죽 엎드리더니 연신 고개를 조아리는 것 아닌가. 이거야말로 신하들이 지엄하신 왕 앞에 보이는 태도라고 할 만했다.

"저, 저게……."

"내가 지금 꿈을 꾸고 있는 건가?"

꼬집!

"크억! 꿈, 꿈은 아니구나. 이럴 수가……."

무려 백 마리에 달하는 몬스터 대군이 자신들의 반의 반도 될 거 같지 않은 작은 새 앞에서 고개를 조아리다니…….

실로 보면서도 믿을 수 없는 광경이었다.

얼마나 놀라웠던지 나무 위에서 느긋하게 구경만 하고 있던 욜라마저 벌떡 일어날 정도였다.

"저, 저럴 수가……. 형의 말을 듣고 강할 것이라고는 생각했지만 설마 저 작은 몬스터의 위력이 이 정도였다는 말인가? 하아, 왜 나더러 참견하지 말라고 한 것인지 이제야 이해가 가네. 호호……."

어처구니가 없었는지 결국 욜라는 웃음으로 독백을 마무리했다. 어린 나이부터 안 다녀본 곳이 없었던 그녀도 이런 광경은 처음 본 모양이다.

하지만 놀라움은 거기서 끝이 아니었다.

"끼루야, 지금 당장 저 몬스터들에게 명령을 내려 뒤에 있는 녀석들을 모조리 잡도록 해라. 어서!"

끼루루~ 끼룩끼룩끼루루~ 룩!

크와아아~ 크와크와~!

츄입~ 취이익!

쿵쿵! 쿵쿵쿵!

이 자리의 그 누구도 몬스터의 언어를 알지는 못한다. 그러나 오크는 제법 인간의 말을 비슷하게 할 수 있기에 방금 끼루가 그들에게 뒤쪽에 있는 인간을 잡으라고 한 것임을 대충 짐작할 수 있었다.

"내 평생에 이처럼 신기한 광경을 목도하게 되다니……. 거 참……."

"그러게 말입니다, 대장님. 이번 전쟁은 정말 구경만 하다가 끝날 것 같습니다."

렌탈 영지군의 기사와 발통이 이런 대화를 나누는 사이, 들개파 측은 갑자기 몬스터들이 자신들을 향해 이빨을 드러내는 바람에 그야말로 혼란 속에 빠져들고 말았다.

앞쪽에 있는 몬스터들의 덩치가 워낙 커서 아직 제대로 상황 파악이 되지 않아 더 그랬다.

크르르… 크르르르…….

"이, 이게 대체 어떻게 된 일이지? 저놈들이 왜 우리를 보며 눈을 새빨갛게 뜨고 침을 흘리는 거냐고? 섬뜩하게 말이야."

"그, 그러게… 이거 아무래도 도망가야 하는 것 아닐까?"

그들이 어쩔 줄을 몰라 하며 갈팡질팡하는 사이 어느덧 몬스터들이 그들의 코앞까지 다가왔다.

바로 그때, 사태의 심각성을 느꼈는지 바람처럼 멘체스터가 몬스터 앞으로 날아들었다.

슈욱~ 척!

"이런 멍청한 놈들! 어서 놈들을 공격해라! 삐이이익~!"

멈칫!

그가 눈을 부라리며 몬스터들을 책망하듯 말을 하곤 다시 피리를 불자 몬스터들이 모두 동작을 멈추었다. 그동안 멘체스터가 세뇌 교육을 시켜와서 그런지 약간의 두려움을 느끼는 것 같기도 했다.

하지만…….

"끼루! 뭐 해? 녀석들이 게으름을 피우잖아!"

끼루루룩~!!

크와아아아~!

쿵쿵쿵!

잠시 멈추었던 몬스터들이 또다시 눈이 빨개지며 자신에게 달려오자 그제야 멘체스터의 얼굴에 당황한 기색이 떠올랐다.

이대로 가면 자신이 당할 수도 있음을 깨달은 모양이다. 그는 가만히 입술을 깨물더니 몬스터들의 뒤쪽에서 따라오고 있는 끼루를 무섭게 노려보았다.

"저놈의 정체가 무엇인지는 모르겠지만 저놈 때문이 분명하다. 일단 놈부터 없애야겠구나."

스르릉~!

세상에 많이 알려지지는 않았지만 그 역시 소드 익스퍼트 중급의 검술 실력자다. 그랬기에 오크들이나 미노타우로 등을 한꺼번에 상대할 수는 없어도 몬스터 한 마리쯤은 순식간에 죽일 수 있을 것이라고 믿어 의심치 않았다. 그리고 그 생각과 동시에 그의 몸이 허공 높이 날아올랐다.

"차아앗~!"

슈우욱~!

Chapter 03
승리

1

소드 익스퍼트 중급의 검사라면 기본적으로 바위도 단숨에 가를 수 있는 엄청난 마나를 활용할 수 있다. 이 말은 그가 마음먹고 누군가를 공격한다면 그게 누구이든 그대로 두 조각이 날 수 있다는 뜻이다.

그리고 지금, 그 정도의 능력자인 멘체스터가 끼루를 노리고 날아올랐고 곧장 쇄도해 갔다.

그 모습을 보고 마하엘이 있는 힘을 다해 외쳤다.

"끼루, 피해!"

"저, 저런……."

다른 병사들도 큰일 났다는 표정으로 혀를 찰 수밖에 없는 상황이었다. 하지만 끼루의 반응은 생각보다 덤덤했다. 녀석은 허공에서 뚝 떨어져 내려오는 살벌한 검을 보면서도 그저 멀뚱멀뚱 쳐다만 보았다. 그게 렌탈 영지군 모두의 애간장을 태웠다.

하지만 이제 그 누구도 그 검을 막아줄 수 없었다.

그런데…….

슈우욱~ 깡!

황당하게도 생물과 강철로 만들어진 검이 부딪혀서 나는 것이라고는 생각할 수 없는 소리가 들려왔다.

처음 이 소리를 들은 마하엘이나 렌탈 영지군은 이게 무슨 영문인지 알 수 없었다. 대부분 끔찍한 상황을 연상하고 잠깐 눈을 감은 탓이다. 대신 들개파 진영에서 괴이한 외침이 터져 나왔다.

"오, 맙소사! 저, 저게 뭐지?"

"헐~! 이건 말도 안 돼!"

그제야 눈을 뜬 마하엘의 잔뜩 일그러졌던 표정이 갑자기 환하게 펴졌다.

"끼루! 역시 너는 대륙 최강의 몬스터야! 하하하!"

놀랍게도 검에 정통으로 맞은 끼루가 여전히 멀뚱거리고 있었던 것이다. 단지 바뀐 것이 있다면 방금 자신을 내려친 멘체스터를 약간은 기분 나쁘다는 눈빛으로 바라보고 있다는 것뿐이었다.

멘체스터의 입장에서는 실로 기가 막히고 코가 막히는 상황이라고 할 수 있었다.

"이, 이럴 리가……. 이익! 죽어라!"

슈슉~ 깡! 까깡!

그는 놀랍기도 하고 또 화가 나기도 해서 그런지 쉬지 않고 검을 휘둘러 끼루를 때리기 시작했다. 원래는 베었다는 표현이 맞겠지만 누가 봐도 이건 칼로 몬스터를 때리는 모습이다. 소리도 그렇고 말이다.

"어, 어떻게 저럴 수가 있지? 저 검에는 엄청난 마나가 서려 있어. 여기서 봐도 확연히 보이는 푸른빛이 그것을 증명하거늘… 맨 몸뚱이로 막아내다니. 원래 주인이 괴물인 것도 골 아픈데 그의 몬스터도 다를 게 없구나. 다시 생각해보면 처음 형을 만났을 때 한편이 된 것은 정말 내 일생일대의 가장 현명한 선택이었던 것 같아."

욜라도 이런 광경에는 질렸던 모양이다. 저 정도라면 자신이 끼루를 공격해도 별반 다를 것이 없을 거라는 생각이 들었다.

무서운 몬스터들을 마음대로 부리는 능력에 베이지 않는 신체를 가진 녀석이라니……. 저놈 한 마리만 해도 정녕 엄청난 전력임에 틀림없었다.

그녀마저 두려움을 느낄 정도이니 공격 당사자인 멘체스터의 심정은 어떻겠는가.

"으으……. 이 괴물아! 돼지란 말이다! 타앗!"

쐐에에엑~ 까앙!

자신의 모든 마나를 검에 주입해서 있는 힘껏 공격을 하고 있었지만 여전히 끼루는 상처 하나 없이 멀쩡했다. 그러자 결국 다시 마하엘이 나섰다.

"끼루야! 그자를 제압해라!"

끼루루~!

툭!

뎅강!

"……."

마하엘의 한마디에 끼루가 자신에게 날아오는 멘체스터의 검을 슬쩍 때렸고 그 한 방으로 검이 그대로 반토막이 나버렸다.

순간 멘체스터는 바보처럼 입을 벌린 채 그 자리에 굳어버리고 말았다.

물론 그것도 오래갈 수는 없었지만 말이다.

끼루룩~!

꾸욱… 두둑…….

"크아악! 내, 내 팔이!"

고사리보다 작아 보이는 끼루의 발이 그의 팔을 슬쩍 잡아버리자 뼈가 부러지는 소리와 함께 고통스러운 비명성이 울려 퍼졌다. 하지만 불행하게도 그게 다가 아니었다.

뒤뚱뒤뚱… 퍽!

이번에는 녀석이 예의 그 뒤뚱거리는 걸음으로 팔을 부여잡고 몸부림치고 있는 멘체스터에게 다가가 작은 발로 그의 정강이를 걷어찼다.

콰지지직!

"크아악!"

털썩.

어찌 보면 장난을 치는 애완용 오리 같은 분위기였지만 당하는 멘체스터의 입장에서는 달랐다. 겨우 그 한 방으로 이번에는 정강이뼈가 부서져 버린 것이다.

그것으로 끼루는 마하엘의 명령을 충실히 이행한 셈이다. 제압을 완료했으니 말이다.

"이, 이건 꿈이야. 우리 보스가 저렇게 작은 몬스터에게 당하시다니……."

"대체 저놈의 정체가 뭐지? 나는 지금까지 살면서 저렇게 작으면서도 무서운 몬스터가 있다는 말은 들어보지 못한 것 같아."

들개파 무리들은 이게 정녕 현실인지 꿈인지 분간이 되지 않았다. 그렇다고 꿈이라고 여기기에는 상황이 너무나도 생생했다. 그건 끼루에게 명령을 내리고 있는 마하엘도 별반 다르지 않았다.

'히히~ 이거 정말 신나는 구나. 역시 주군의 말씀이 모두 맞았어. 이렇게 되면 앞으로 두려울 일이 없겠구나. 주군과 아버지, 그리고 누나가 돌아올 때까지 그 누구도 더 이상 우리 영지를 넘볼 수 없을 테니까. 이번 전쟁이 끝나면 그렇게 되도록 이 일대에 대대적으로 소문을 내게끔 해야지.'

누가 가르쳐 준 것도 아닌데 마하엘은 앞으로의 계획까지 생각하고 있었다. 과연 렌탈 영지의 차기 영주감다운 모습이었다.

"모두 잘 들어라! 지금 즉시 항복하지 않으면 몬스터들에게 너희들을 공격하게 할 것이다. 그러니 어서 항복하라! 끼루!"

끼끼루~ 끼룩끼루룩!

크워어어어~!

생각을 마친 마하엘이 자세를 가다듬으며 들개파를 향해 외쳤다. 그러면서 슬쩍 끼루를 부르자 녀석도 그의 의도를 알아차렸는지 바로 몬스터들에게 명령을 내렸다.

몬스터들이 그 명령에 즉각 반응하고는 무시무시한 포효를 다시 한 번 질러댔다.

실로 절묘한 효과음이다.

챙그랑!

"항, 항복합니다."

"저도 항복이요!"

털썩털썩.

이미 자신들의 보스인 멘체스터가 쓰러진 상황이다.

여기서 버텨봤자 몬스터들에게 찢기거나 놈들의 밥이 될 뿐이다. 그것을 깨달았는지 하나둘씩 무기를 집어 던지며 그 자리에서 고개를 조아리기 시작했다.

그 모습을 보고 렌탈 영지군의 진영에서 어마어마한 환호성이 터져 나왔다.

"와아아아~ 마하엘 영주 대행님 만세!"

"만세~!!"

"끼루도 만세~!"

단 한 명의 사상자도 없이 완벽한 승리를 거두는 순간이니 어찌 기쁘지 않았겠는가.

바로 그때, 발통이 마하엘 앞에 절도 있는 자세로 무릎을 꿇으며 용서를 빌었다.

"승리를 축하드립니다, 영주 대행님! 그리고 조금 전 대행님과 끼루의 능력을 의심했던 점 용서해 주십시오!"

발통의 말을 들은 마하엘은 더욱 뿌듯해짐을 느꼈다. 그래서인지 그는 어른스러운 표정과 말투로 용서와 함께 다음 명령을 내렸다.

"그건 누구라도 마찬가지였을 것입니다. 그러니 어서 일어나세요. 이제 서둘러서 포로들을 수습하고 장내 정리도 해야 할 것 아닙니까?"

"감사합니다! 그럼 명을 따르겠습니다. 기사 포프는 병사 몇 명과 함께 대행님을 따르고 나머지는 모두 포로들을 수습하고 장내를 정리하라!"

"알겠습니다!"

발통이 수하들과 함께 들개파 무리를 수습하러 가는 것을 지켜보던 마하엘이 이번에는 자신의 곁에 남아 있는 포프라는 기사에게 한마디 툭 던지고는 멘체스터에게 다가갔다.

"따라오세요."

"네! 대행님!"

마하엘이 기사 포프와 그가 이끄는 병사 열 명과 함께 멘체스터에게 다가가자 그는 팔과 다리가 부서진 고통 때문인지 여전히 바닥에 엎드린 채 끙끙거리다가 한마디 툭 내뱉었다.

"끄으으……. 어, 어서 죽여라."

"많이 아픈 모양이군. 하지만 이대로 그냥 죽게 둘 수는 없지. 당신은 아직 죗값을 다 치른 것이 아니거든. 이자를 묶어서 곧장 성으로 호송하라."

"알겠습니다!"

이렇게 싸움은 끝이 났다. 어찌 보면 너무 허무한 결말이었지만 그 누구도 이번 전쟁을 우습게 여기지 않았다.

인간뿐 아니라 몬스터들까지 참여했던 싸움이었기 때문이다. 그것을 증명하듯 포로들을 수송하고 있는 렌탈 영지군의 뒤에는 무시무시한 몬스터들이 마치 그들을 호위하듯 따라가고 있었다.

2

마하엘과 렌탈 영지군이 엄청난 대승을 거두고 다시 영지로 돌아가고 있을 무렵, 숀은 혼자 골똘히 뭔가를 고민하고 있었다.

"여기서부터 왕궁까지의 거리는 말로 달려서 겨우 하루 거리에 불과할 텐데……. 이쯤 되면 그분을 한번 만나봐야 하는 것 아닐까?"

그는 자신의 집무실 안을 왔다 갔다 하며 독백을 흘렸다.

대체 누구를 만나려는 것인지는 알 수 없었지만 심각한 표정으로 보아 무척 중요한 인물인 것 같았다.

"이제 크롤 백작이나 렌탈 남작을 이용해서 왕자들을 견제하기는 힘들 거야. 그만한 명분이 없으니… 그래서 더더욱 그분을 만날 필요가 있어. 으음……."

어지간해서는 고민을 하지 않는 손이었다.

그는 생각보다 행동이 앞서는 사람이라 보통의 경우에는 고민을 하기보다는 무엇이 되었든 곧바로 실행에 옮기곤 했다. 그런데 어째서 지금은 이처럼 이마에 골을 드리우면서까지 고심을 하는 것인지 알 수가 없었다.

그런데 바로 그때, 누군가가 그를 찾아왔다.

똑똑.

"렌탈입니다, 주군. 크롤 백작도 함께 왔습니다."

"들어오세요."

바로 렌탈 남작과 크롤 백작이었다.

두 사람은 요즘 새로운 영지를 정비하느라 눈코 뜰 새 없이 바쁜 상황이다. 때문에 아침 조회 때 이후로는 거의 볼 틈이 없을 정도다.

"이 시간에 어쩐 일이십니까? 결재는 오전에 다 해준 것으로 아는데요."

"결재 건 때문에 온 것이 아닙니다. 단지 저희들 영지의 상황이 궁금해서요. 소피아 작전 대장의 말에 의하면 들개파는 절대 얕볼 수 없는 자들이라고 하더군요. 특히 놈들의 보스라는 자는 몬스터까지 부린다던데……."

"맞습니다. 만일 놈들이 몬스터를 이끌고 병력의 숫자가 적은 렌탈 영지를 쳐서 만에 하나 점령이라도 하게 되면 그 다음엔 저희 영지까지 노릴 것 아닙니까? 차라리 이곳에서 지원군을 보내는 것이 어떨까요?"

숀은 일부러 이 두 사람에게는 들개파에 관한 이야기를 구체적으로 해주지 않았었다. 그렇다고 완전히 감출 수는 없었기에 지나가는 말처럼 가볍게 한마디만 던졌었다. 그것도 그들이 짐머만 영지를 치러 나갈 때 말이다.

"들개파라는 산적 무리가 렌탈 영지를 치려 한다고 하더군요."

"겨우 산적의 무리가 감히 저희 영지를 친다고요? 껄껄껄. 그거 아주 재미있겠습니다. 대체 몇 명이나 되길래 겁도 없이 그런 짓을 하려고 하는 걸까요?"

"몇백은 된다고 하던데… 지원군이라도 보내야 하나……."

당시 숀이 이처럼 능구렁이같이 말을 하는 바람에 두 사람은 꼼짝없이 걸려들었다.

"주군, 저희 영지군은 모두 마나를 다룰 줄 아는 병사입니다. 비록 숫자는 백 명에 불과하지만 그까짓 산적 무리들 오백 명이 몰려온다고 해도 별문제 없을 겁니다. 이참에 마하엘 녀석의 담력도 길러 줄 수 있을 테고요. 그러니 그쪽 일은 그냥 지켜보심이 옳을 듯합니다."

"저 역시 형님 말에 찬성입니다."

여기까지 생각하던 숀이 천천히 입을 열었다.

"이곳에서 지원군을 보낸다고 해도 영지에 도착하려면 족히 한 달 가까이 걸릴 겁니다. 그때쯤이면 전쟁이 끝났거나 이미 돌이킬 수 없는 상황일지도 모르지요. 하지만 걱정하지 마세요. 그전에 이미 유능한 아우를 보낸 상태고 또 그곳에는 아직 아무도 모르고 있는 막강한 비밀 병기가 있으니까요."

"비, 비밀 병기라니요? 그게 뭡니까?"

숀의 말에 두 사람의 얼굴에 의아하다는 표정이 동시에 떠올랐다. 비밀 병기라는 말은 금시초문인 모양이다.

"그건 바로 마하엘과 끼루입니다."

"마, 마하엘과 끼루요? 주군, 농담이 지나치십니다. 마하엘은 이제 고작 열세 살밖에 안 된 어린아이이고 끼루는 약간 힘이 센 몬스터일 뿐이잖습니까? 들개파의 보스라는 자는 오크와 미노타우로까지 끌고 다닌다는데 어찌 그 둘을 놈들과 비교하시려는 겁니까? 물론 감히 주군께 따지는 것은 아닙니다만…….”

숀의 말에 렌탈이 약간 흥분한 말투로 따지듯 되물었다. 아무리 전지전능에 가까운 숀이라지만 이 일은 그것과는 별개의 문제였다.

“끼루는 꿀리를 제외하고는 지상에서 가장 강하고 흉포한 몬스터입니다. 먹이사슬의 최상위라고 할 수 있지요. 그런 녀석이 요즘 마하엘과 가까이 지내며 끊임없이 정신적인 교류를 해왔습니다. 그의 말이라면 뭐든지 다 들어줄 정도가 되었다는 뜻입니다. 그거면 충분하지요.”

“그, 그렇다면 그 끼루가 정말 그 무지막지한 몬스터들을 모두 물리칠 수 있다는 말씀이십니까?”

“바로 그겁니다. 원래 짐승들이나 몬스터들은 자신보다 상위에 있는 포식자 앞에서는 무조건 고개를 조아리게 되어 있지요. 이건 그 누구도 바꿀 없는 신의 섭리입니다. 그러니 아무 걱정 말고 하던 일이나 마저 신경 쓰도록 하세요.”

다른 사람이 이런 말을 했다면 곧장 검부터 뽑아 들만큼 믿을 수 없는 이야기였다. 하지만 말하는 사람은 바로 숀이었다. 언제나 불가능을 가능케 만든 경이로운 사람 말이다. 그랬기에 두 사람은 잠시 서로를 쳐다보다가 다시 입을 열었다.

"주군께서 그렇게까지 말씀하시는데 저희들이 무슨 할 말이 있겠습니까? 알겠습니다. 그럼 주군만 믿고 다시 돌아가겠습니다. 대신 아우분이 오시면 그쪽 소식을 바로 알려 주십시오."

"당연히 그렇게 해야지요. 다시 말하지만 아무 걱정하지 마세요."

"알겠습니다."

결국 두 사람은 불안감이 완전히 사라진 것은 아니었지만 조용히 물러났다. 어차피 일이 잘못된다 한들 주군이 결정한 일인 만큼 계속 따지고 들 수는 없었기 때문이다. 그렇게 두 사람이 나가자마자 또 다른 누군가가 찾아왔다.

"주군, 파비앙입니다."

"어서 들어오시오."

이번에는 늘 숀의 심장을 떨리게 하는 그녀였다.

멋스러운 은빛 갑옷을 입고 한쪽 손에는 투구를, 그리고 또 다른 한쪽 손에는 검을 들고 나타난 그녀는 여전히 눈부시게 아름다웠다.

"갑자기 불쑥 찾아와서 죄송합니다. 주군께 여쭤볼 것이 있어서요."

"그대도 집안 사태로 온 거요?"

승리를 하고 돌아온 파비앙의 표정이 어두운 것을 본 순간, 숀은 그녀가 찾아온 이유를 알 것 같았다.

"그렇습니다. 들개파라는 무지막지한 산적 무리가 저희 영지를 공격한다는 소식을 들었거든요. 아시다시피 그곳에는 아직 어린 마하엘과 저희 어머니만 계시잖아요. 그러니 병사 일백 명과 함께 제가 갈 수 있도록 허락해 주세요."

"안 그래도 방금 전에 렌탈 남작님과 크롤 백작이 그 문제로 다녀갔었소."

"그래서 지원군을 보내기로 결정했나요?"

파비앙의 기대 어린 질문에 숀은 다시 한 번 아까와 비슷한 설명을 할 수밖에 없었다. 귀찮기는 했지만 파비앙이 묻는데 대충 넘어갔다가는 되돌아올 후환이 두려운 탓이었다.

"정말 끼루에게 그런 능력이 있나요?"

"솔직히 말하면 그 이상이요. 오크나 미노타우로가 아니라 오우거가 떼로 달려든다고 해도 절대 끼루를 이길 수는 없소."

숀이 자신 있게 말하자 그제야 파비앙의 표정이 약간 풀어졌다. 뿐만 아니라 이제는 묘하게 은은한 홍조까지 피어오르고 있었다. 처음 숀이 끼루를 자신에게 주려고 했다는 것이 떠올랐기 때문이다. 그 정도로 엄청난 몬스터를 주려고 했다는 것은 그만큼 자신을 귀하게 여긴다는 것이 아니겠는가.

하지만 그런 그녀의 생각을 조금도 모르는 숀은 상기된 그녀의 얼굴을 쳐다보며 넋을 잃고 있었다.

'휴우, 이 여자가 정말 나와 같은 인간이 맞을까? 어떻게 봐도 봐도 질리기는커녕 더 예뻐질 수 있는 거지? 사과처럼 예쁜 저 얼굴에 뽀뽀라도 해주고 싶네. 어흐흐~!'

서로 비슷한 생각을 하고 있었지만 여전히 진전이 없는 두 사람이었다. 둘 중 한 사람만 손을 뻗으면 간단하게 해결될 문제인데 말이다. 하지만 그래도 침을 흘릴 만큼 좋기만 한데 무슨 상관이 있겠는가.

Chapter 04

잠입

1

조금 전 렌탈 남작과 크롤 백작이 왔을 때는 용건에 대한 답만 해주고 바로 내보냈다. 그게 그가 세워놓은 일종의 원칙이었다. 사적인 일이 아닌 공적인 이야기를 나눌 때는 그렇게 해야만 위계질서가 제대로 잡힌다는 그의 오랜 경험에서 비롯된 생각이었다.

하지만 그가 아무리 연애 초보라고 해도 바보가 아닌 이상 파비앙에게도 같은 원칙을 적용시킬 리는 없었다.

"그럼 저는 이만 나가볼게요."

"잠깐만 기다려 보시오."

"네? 달리 하실 말씀이라도?"

알고 보면 숀보다 파비앙이 그를 더 좋아하고 있었다.

태어나서 처음으로 자신의 마음을 빼앗아 가버린 남자이니 당연했다. 그렇지만 그녀는 감수성이 예민한 소녀인 데다가 새침한 면까지 있어서 언제나 숀의 애간장을 타게 만들었다. 지금도 그렇고 말이다.

"아, 그, 그게… 그냥 같이 차나 한잔하는 게 어떨까 싶어서 불렀소. 그대가 바쁘다면 어쩔 수 없지만 말이오."

"음, 주군께서는 지금 한가하신가 봐요?"

"조, 조금은 그렇소만……."

이상하게 숀은 파비앙과 같이 있으면 바보가 된다. 그녀보다 더 나이가 많고 성숙한 소피아와 있을 때는 안 그런데 말이다.

"그럼 저 맛있는 거 사 주세요. 기왕이면 분위기 좋은 데에서요."

"분위기 좋은 곳이라… 그럼 여기서 잠깐만 기다리고 있어보시오. 잠깐 나갔다 올 테니……."

"네? 갑자기 어디를……."

"잠깐이면 되오."

숀은 이 말만 남기고 부랴부랴 밖으로 나가 버렸다. 그러자 파비앙이 울상을 지으며 투덜거렸다.

"치이……. 저 바보. 이렇게 말하면 내 마음을 눈치채고 그냥 아무 데나 같이 가면 될 것을……. 아무튼 이럴 때 보면 진짜 답답하다니까. 그런데 대체 어디를 간 것일까? 보나마나 잊고 있던 중요한 업무 때문이겠지만 왠지 서운하네. 어쩔 수 없지 뭐. 워낙 바쁜 사람이잖아."

그렇게 아쉬운 마음을 간신히 달래면서 그녀는 슌의 집무실을 여기저기 둘러보기 시작했다.

가끔 와본 곳이기는 하지만 자세하게 살펴본 적은 없었던 것이다.

"어머, 이, 이게 무슨 그림이지?"

그녀는 그러다가 문득 뭔가를 발견했다. 집무실 책상 옆쪽에 구겨진 채로 던져진 한 폭의 그림이었다.

누군가가 그리다가 집어던진 것인지 아니면 사왔는데 마음에 안 들어서 버린 것인지 알 수 없는 그 그림은 펼치는 순간 단숨에 파비앙의 마음을 사로잡았다.

"정말 신비한 느낌을 주는 그림이구나. 그저 바위와 나무가 전부인 데도 어쩜 이렇게 아름다움과 강한 힘을 느끼게 하는 것일까? 이건 분명 첸솔 나무(대나무 종류) 같은데……."

가로 50센티미터, 세로 1미터쯤 되는 화폭에 그려진 그림은 커다란 바위 하나와 대나무 세 그루가 전부였다. 하지만 그저 검은색으로만 그려진 대나무의 잎과 줄기는 마치 살아 있는 듯 생생했으며 음영이 또렷하게 느껴지는 바위는 웅장함을 느끼게 했다. 어릴 때부터 그림을 좋아하던 파비앙이지만 이렇게 신비로운 느낌을 주는 그림은 생전 처음이었다.

"이건 분명 주군께서 직접 그린 그림일 거야. 그분이 아니고서는 그림에서조차 보는 사람으로 하여금 숨이 콱 막히게 하는 카리스마를 뿜어내게 할 수 없겠지. 대체 그분은 못하는 게 뭘까? 의학 지식도 풍부한 데다가 병법에도 밝지 거기에 검술 실력하며 이제는 그림까지 이렇게 잘 그리니……. 하아… 나처럼 부족한 것이 많은 여자애가 정말 그런 분을 좋아해도 되는 걸까?"

파비앙은 이제 겨우 열여섯 살이다. 하지만 아직 어린나이임에도 불구하고 그녀의 미모는 이미 왕국 최고, 아니, 대륙 최고라고 해도 손색이 없을 정도였다. 본인은 전혀 모르고 있지만 말이다. 그런 여자도 숀 앞에서 만큼은 자신감이 없어지는 모양이다.

딸칵.

"어머, 이제 오세요?"

"오래 기다리게 해서 미안하오. 자, 이제 갑시다."

그녀가 고민에 빠져 있을 때, 문소리와 함께 숀이 다시 나타나 다짜고짜 사과부터 했다.

"겨우 십 분 정도밖에 지나지 않은 걸요. 그런데 어디를 가요?"

"이런 바보. 맛있고 분위기 좋은 식당으로 가자면서요?"

"아… 진짜 그런 곳으로 데려가 주실 거예요?"

별 기대를 하지 않은 데다가 숀이 바쁜 것처럼 자리를 비우는 바람에 파비앙은 그와 함께 식사하긴 어려울 것이라 생각했었다. 그랬기에 오히려 무슨 소리인가 싶었던 모양이다.

"당연하지요. 자, 일단 나갑시다. 이러다가 배고파서 쓰러지겠소."

"호호, 알겠어요."

숀이 엄살을 부리며 말하자 파비앙은 그 모습이 우스워 보였던지 환하게 웃으며 얼른 그의 뒤를 따라나섰다.

"이크, 하마터면 경비병에게 걸릴 뻔했네. 자, 이쪽으로……."

"네……."

이 성의 주인이나 다름없는 사람이 마치 죄를 짓고 도망이라도 가는 것처럼 은밀하게 이동했다. 파비앙은 그게 이상하게 느껴졌지만 굳이 따져 묻지 않았다. 그가 자신의 손을 꼭 쥔 채 가고 있었기 때문이다.

"이제 여기서부터는 날아가야 하는데… 괜찮겠소?"

끄덕.

사람들이 보이지 않는 곳에 이르자 손이 파비앙에게 물었다. 날아간다는 이야기는 그가 그녀를 안아야 한다는 것을 뜻했다. 그러나 이미 경험이 있는 그녀인지라 별다른 말없이 그저 얼굴을 발갛게 상기시킨 채 고개만 끄덕였다.

"좋소, 그럼 일단 안겠소."

덥석!

두근… 두근두근.

누구의 심장이 이렇게 격하게 뛰는 것인지는 알 수 없었다. 다만 둘 다 얼굴이 새빨개져서 입을 꾹 다문 채 날아가는 것을 보면 굳이 말할 필요가 없을 것 같았다.

"저기… 아직 한참 가야 하나요?"

"아, 그렇게 멀진 않으니 불편하더라도 조금만 참으시오."

전력으로 날아갔다면 벌써 도착했겠지만 이미 파비앙의 향기에 취해 있는 손이 그렇게 멍청한 짓을 할 리가 없었다.

다만 그녀의 질문에 뜨끔했는지 속도를 조금 올렸다.

'이 사람… 가슴이 따뜻해서 기분이 너무 좋아. 그냥 이대로 끝없이 날아갔으면 좋겠다.'

하지만 파비앙의 속마음은 나름 앙큼했다. 그녀 역시 그의 품속이 너무 좋기만 했던 것이다.

멍청한 숀이 나이를 따지지 않고 차라리 솔직하게 고백을 했다면 이런 한심한 상황은 일어나지 않았을 텐데……. 그 점이 참으로 아쉬운 순간이다.

스르르… 척!

"자, 다 왔소."

"아……."

시계를 거꾸로 매달아도 시간은 바로 간다고 했던가? 어느새 꿈같은 시간이 지나고 두 사람은 목적지에 도착했다. 파비앙은 숀의 품에서 떨어져 나오며 무심코 앞을 보다가 감탄성을 흘리고 말았다. 눈앞에 그림처럼 아름다운 호수가 펼쳐져 있었기 때문이다.

"내가 이 지역 귀족들에게 탐문을 해보니 이곳이 가장 분위기 좋고 음식이 괜찮다고 하더군요. 자, 들어갑시다."

"네."

아까 숀이 자리를 비운 시간은 겨우 십 분 정도에 불과했지만 그사이 그는 성안에 있는 귀족 몇 명을 다그쳐 이 장소를 알아냈던 모양이다.

그 사실을 깨닫게 되자 파비앙은 괜히 가슴 한곳이 뿌듯해졌다. 그가 그만큼 자신을 생각해 준다는 것이 작은 감동을 안겨준 듯했다.

"주군."

"우리 둘만 있을 때는 그냥 숀이라고 부르시오. 그게 어려우면 차라리 오빠라고 하던가……. 가만, 오빠가 제일 낫겠네."

"네에? 하지만 그건……."

"어서 그렇게 불러보시오."

숀은 전생과 이생을 다 합쳐도 오빠라는 소리를 들어보지 못했다. 여동생도 없었고 사귀어 본 여자도 없었으니 당연했다. 그래서 더 듣고 싶었는지도 모른다.

"오, 오, 오빠……."

"응! 오빠라고 했으니 이제부터는 말 놔도 되겠지?"

"당, 당연하죠."

"다시, 다시 한 번 불러봐."

"오빠!"

"응, 그래, 귀여운 동생아. 뭐 먹고 싶은지 말만 해. 기분도 좋은데 사달라고 하는 건 다 사 주마!"

숀의 입이 쭉 찢어졌다. 드디어 그녀와 한 걸음 더 가까워진 기분이 들었다. 그건 과거 중원에서 천하제일인으로 올라섰을 때보다 훨씬 더 그를 들뜨게 만들었다.

그리고 그런 그의 모습을 지켜보는 파비앙 역시 지금 이 시간이 너무나도 행복했다.

2

파비앙와 꿈같은 시간을 보내고 돌아온 손은 미침내 결심을 굳힐 수 있었다.

"어서 빨리 상황을 정리해야 그녀에게 정식으로 청혼을 할 수 있을 것 같아. 앞으로 나의 아내가 될 사람을 계속 전쟁터로 전전하게 할 수는 없지. 그래, 오늘 밤 일단 그곳에 다녀오도록 하자. 그게 가장 최선일 거야."

그는 그렇게 중얼거리며 평소에 입고 있던 옷을 벗고는 검은색의 날렵한 복장으로 바꿔 입었다.

그러다가 뭔가 떠오른 듯 갑자기 경비병을 불러 명령을 내렸다.

"밖에 누구 없느냐?"

"네, 주군!"

"가서 렌탈 남작님을 모셔 오너라."

"알겠습니다!"

똑똑.

"주군, 접니다."

"들어오세요."

딸칵.

불과 오 분이 채 지나지 않아서 렌탈 남작이 찾아왔다. 그 역시 관사 안에 있는 자신의 집무실에 있었던 모양이다.

"늦은 시간에 오시게 해서 미안합니다. 다른 사람은 몰라도 남작님께는 말씀을 드리고 가는 게 좋을 것 같아서요."

"이 시간에 어디를 가시려고요?"

촌의 말에 렌탈 남작은 그제야 그의 옷이 이상함을 알아차렸다. 어디를 털러 가는 것도 아닐 텐데 오밤중에 검은색 일색의 옷을 입고 나가겠다니……. 금방 납득이 되는 상황은 아니었다.

"잠시 다녀올 곳이 있습니다. 우리의 입지를 굳히기 위해서는 반드시 들러야 하는 곳이지요."

"아… 대체 어디를 가시려는지 구체적으로 알려주실 수는 없는 건가요?"

이미 렌탈 남작은 촌에게 목숨을 바친 상황이다. 그런 이상 그의 신변에 무슨 일이라도 생기게 되면 삶의 중요한 목적이 상실될 수도 있었다.

"그건 다녀와서 이야기하는 것이 나을 것 같군요. 아직 어떻게 될지도 모르는데 미리 말을 하면 부담스러울 것 같아서요."

"주군께서 그렇게 말씀하실 정도면 진짜로 중요한 곳인가 보군요. 그렇다는 것은 그만큼 위험하다는 말일 텐데… 혼자 가셔도 괜찮겠습니까? 멀린 마법사라도 데려가심이 좋을 듯싶습니다만……."

숀이 굳이 밝히지 않으려 하는데 더 물어봤자 소용없다는 것은 이미 충분히 알고 있었다. 그랬기에 그는 멀린과 함께 움직이기를 충언했다. 그럼 어디를 가든 걱정할 일이 없을 거라는 생각이 들었던 모양이다. 하긴 소드 마스터 이상의 검사와 6서클 마법사가 함께 다니는데 누가 감히 그 둘을 위험하게 만들 수 있겠는가.

"그건 곤란합니다. 아무래도 그는 마법사인지라 은밀하게 움직이는 데 오히려 방해가 될 수 있거든요. 아무리 은신 마법을 사용한다고 해도 그건 마찬가지일 것입니다."

"아… 제가 생각한 것보다 더 위험한 곳을 가려고 하시는군요?"

6서클 마법사면 인비저빌리티(Invisibility: 자신에게 오는 빛을 굴절시켜 모습을 감추는 마법. 5서클부터 사용할 수 있다) 등의 마법을 이용해 얼마든지 모습을 감출 수 있다. 그런데도 방해가 된다니……. 그 말이 렌탈 남작의 주름을 더욱 깊게 만들었다.

"렌탈 남작님, 저 혼자 움직이는 이상 그 누구도 저를 위협할 수는 없습니다. 그러니 제 안위에 대한 걱정은 하지 않으셔도 됩니다. 지금 저는 싸우러 가는 것도 아니고 단지 몇 가지 알아볼 것이 있어서 가는 것이니 더더욱 말입니다. 아시겠죠?"

"휴우, 주군께서 그러시다면 그런 것이겠지요. 알겠습니다. 그럼 소요 시간은 얼마나 예상하고 계십니까?"

"넉넉잡아도 이틀 정도면 충분할 것입니다. 그사이 성안의 모든 대소사는 남작님께서 맡아주십시오. 이 말씀을 드리려고 불렀습니다."

아직 공식적으로 정해진 것은 아니었지만 숀은 음흉하게도 이미 마음속으로 렌탈 남작을 장인으로 생각하고 있었다. 그랬기에 그 누구보다 믿음이 갔던 것인지도 모른다.

작위가 높은 크롤 백작보다 좋은 대우를 해주는 것도 비슷한 맥락이었다.

"알겠습니다. 그 점은 염려하지 마십시오. 크롤 백작이 늘 열심히 해주어서 어지간한 일은 거의 마무리 단계에 들어섰으니까요. 특히 이번에 항복을 하고 새롭게 편입된 지휘관들도 이제 주군의 신분을 어느 정도 알고 있어서 그런지 매우 협조적입니다."

"그거 아주 반가운 소식이로군요. 그럼 그렇게 믿고 이만 가보겠습니다. 혹시 다른 사람들이 제 행방을 물어보면 적당히 둘러대 주세요."

"알겠습니다. 부디 옥체 보중하소서."

"네, 그럼……."

스르르… 팟!

인사가 끝나자마자 숀의 신형이 마치 연기처럼 흩어지더니 그대로 눈앞에서 사라져 버렸다. 그 누구도 흉내 낼 수 없는 신비한 능력이다.

"우리 주군께서는 날이 갈수록 놀라운 재주를 보여주시는구나. 방금 그런 행동은 나를 안심시키기 위해서였겠지. 허허허……."

렌탈은 웃으며 고개를 절레절레 흔들었다. 물론 아까보다는 훨씬 편안한 모습이다. 허공을 날아가던 숀도 그의 웃음소리를 들었는지 만면에 미소를 지었다.

"누군가가 나를 진심으로 걱정해 주는 것은 실로 기분 좋은 일이로구나. 덕분에 기운이 나는 것 같네. 어디……."

파앗! 쎄에에엑~!

말과 함께 숀은 바닥을 힘껏 차면서 더욱 빠르게 날아갔다. 어찌나 빠르던지 눈을 뜨고 지켜본다고 해도 보이지 않을 정도였다. 그렇게 그는 쉬지 않고 무려 세 시간 정도나 날아갔다.

그러자 앞쪽에 환한 불빛과 함께 시끄러운 소리들이 들

려왔다.

"자자~ 떨이요, 떨이! 맛이 기가 막힌 웸블 고기 한 바구니가 단돈 1실버! 이런 기회는 다시없을 테니 어서 사가시오!"

"어허~ 이 친구, 어제도 똑같은 말을 해놓고 뭐가 다시 없다는 거야?"

"원래 이 바닥이 다 그런 것을 아직도 모르나? 그러니 자네가 맨날 적자를 보는 거라고."

밝은 불빛이 가득한 이곳은 시장이었던 모양이다. 그것도 손이 지금까지 봐왔던 그 어떤 시장보다 크고 화려했다.

들려오는 대화를 들어보니 이곳의 장사꾼들은 뭔가 차원이 다른 것 같았다. 순박한 렌탈 영지의 장사꾼들과는 달리 거짓말을 떠드는 것을 보니 말이다.

"과연 왕성이 있는 곳이라 뭔가 달라도 크게 다른 것 같군. 중원의 자금성 안에 있던 시장과 비교해도 별 차이가 나지 않을 정도로 번화한 곳이 있을 줄이야……."

놀랍게도 숀이 도착한 곳은 왕성 안에 있는 대규모 시장이었다. 그가 왜 이곳에 온 것인지는 알 수 없었지만 거기서 바로 또 움직이는 것을 보니 장을 보러 온 것은 아닌 것 같았다.

슈우우욱~!

그는 마치 진짜 새가 된 것처럼 까마득히 날아오른 다음 쏜살처럼 허공을 가로질렀다. 그러고는 곧 어마어마하게 크고 높은 담벼락 앞에 내려섰다.

"왕이 거처하는 지역이라 그런지 완전히 불야성이로구나. 내가 생각하던 것 이상이야. 이 정도 규모였다니……. 백부들이 왕위를 탐낼 만도 하겠군."

알고 보니 그의 목적지는 바로 왕궁이었다.

드디어 그가 원래부터 있어야 할 곳에 되돌아온 셈이다. 그의 친할아버지와 원수인 백부들이 있는 곳…….

무공이 극에 달한 이후 파비앙이나 소피아와 단둘이 있을 때를 제외하고는 감정의 변화가 거의 없던 숀이다. 하지만 그런 그의 얼굴이 지금은 약간 상기되어 있었다.

숀은 높이가 무려 20여 미터 이상은 될 것 같은 왕성의 성벽을 올려다보다가 소름이 돋을 만큼 차가운 어투로 중얼거렸다.

"가장 먼저 할아버지를 뵙겠다. 그리고 그분의 상태에 따라 당신들에 대한 응징 방법을 결정하겠다. 후후……."

그러고는 곧 다시 지상의 불빛이 닿지 않는 곳까지 날아오르더니 순식간에 사라져 버렸다.

Chapter 05

특별한 만남

1

칼론 왕국의 현 국왕인 루드리히 2세는 최근 갈수록 병세가 악화되고 있었다. 이미 백방으로 수소문을 해서 최고의 의원들을 불러들여 온갖 공을 다 들이고 있었지만 그는 여전히 기운을 차리지 못하고 있었다.

오늘도 아침부터 속이 좋지 않더니 한밤중이 되자 기침까지 심해진 그는 한참 동안 콜록거리다가 결국 시종을 불렀다.

"콜록콜록! 여, 여봐라! 게 아무도 없느냐?"

"부르셨습니까? 폐하!"

“어서 가서… 콜록! 의, 의원을 불러와라. 콜록콜록!”

“알겠습니다!”

루드리히의 명령에 따라 밖으로 뛰어나간 시종이 얼마 지나지 않아 현재 왕국에서 가장 뛰어나다는 의원을 데리고 왔다. 그는 이왕자 크리스티안의 소개로 온 의원이었는데 왕을 살펴보기 전 몇몇 중환자를 고치는 시험을 통과한 실력파였다.

“으음… 폐하, 혹시 제가 아까 드린 약을 드시지 않으셨습니까?”

“콜록콜록! 그 약을 먹으면 너무 졸린 것 같아서 안 먹었네.”

“그러시면 안 됩니다. 제때에 약을 드셔야 좋아집니다. 그러니 절대 약은 거르지 마십시오. 자, 여기… 드십시오.”

콧수염을 기르고 있는 의원은 뭔가 불안한 듯 내내 시선을 가만히 두지 못했다. 뭔가 꾸미고 있는 사람처럼 말이다. 하지만 루드리히는 정신이 없는 상태라 그런 것을 전혀 느끼지 못하고 있었다. 그랬기에 내민 약을 순순히 받아먹었다.

꿀꺽~!

“잘 하셨습니다. 이제 한숨 푹 주무시고 나면 기침도 조금 덜할 것입니다.”

"알겠네. 어서 가보게."

"네, 그럼 옥체 보중하십시오."

꾸벅.

그렇게 의원과 시종이 다시 밖으로 나가자 약기운 탓인지 루드리히는 금방 잠에 빠져들었다.

그렇게 약 오 분 정도가 지나자 갑자기 그가 누워 있는 침실의 커튼에서 검은 그림자가 분리되어 나왔다.

그림자의 주인공은 바로 숀이었다.

"일단 제대로 진맥부터 해봐야겠구나."

그는 왕의 침대 위에 걸터앉아 루드리히의 팔을 이불 위로 꺼내 진맥을 짚기 시작했다. 그리고 이내 진맥을 짚던 그의 표정이 일그러지며 낮은 목소리로 분통을 터뜨리기 시작했다.

"역시 내 예상대로였어. 이런 쳐 죽일 놈들! 감히 왕에게 독약을 먹이다니! 극소량씩 투여해서 결국엔 자연사한 것처럼 보이게 하려고 꾸미는 것이 분명해. 으득……."

그가 흥분하여 분노를 터뜨리던 것도 잠시, 무공의 극의를 이룬 사람답게 그는 짧은 시간에 이성을 되찾고는 다시 한 번 루드리히의 진맥을 짚었다.

"으음… 맥이 뛰는 것도 불안정하고 내부 장기들의 움직임도 상당히 미약한 편이로구나. 휴우, 생각보다 심각하네.

오기를 정말 잘한 것 같구나. 하마터면 이 노인네의 얼굴도 보지 못할 뻔했어."

숀의 입에서 할아버지라는 소리가 나오려다 말았다. 대신 그는 왕을 대놓고 노인네라고 칭했다. 뭔가 쑥스러웠던 모양이다. 할아버지라고는 해도 생전 처음 보는 사람인 데다가 그의 정신세계가 워낙 특이하니 어느 정도는 이해가 될 법도 했다.

"어떻게 하지? 일단 깨워서 사실을 이야기하는 것이 옳을까? 아니면 아무도 모르게 일단 치료부터 하고 볼까?"

진맥을 끝내고 나자 숀은 갈등에 사로잡혔다. 지금 깨우면 크게 놀라 자신을 믿지 않을 지도 몰랐기 때문이다.

그런데…….

"충분히 죽일 수도 있었는데 가만히 두고 있는 것을 보니 단순한 어쌔신은 아닌 모양이구나."

"으음… 깨어 있었습니까?"

아무리 숀이라고 해도 기겁을 할 만한 일이 벌어졌다.

방금 전 약을 먹고 곯아 떨어졌던 루드리히가 갑자기 눈을 번쩍 뜨더니 대뜸 말을 걸어왔던 것이다.

만일 강철 심장을 갖고 있는 숀이 아니었다면 기절할 일이었다.

"허허, 대단한 담력을 가진 아이로고. 조금도 놀라지 않는 것을 보니 말이야. 기왕 이렇게 된 것 나를 좀 일으켜 주겠나?"

"그러지요."

두 사람은 마치 원래부터 아는 사이인양 자연스럽게 행동했다. 숀은 루드리히를 조심스럽게 안아 일으켰고 루드리히는 그런 숀의 어깨를 끌어안으며 일어나 앉았던 것이다. 처음 대면하는 사람들이 보여줄 만한 장면은 절대 아니었다.

"우웁, 기왕이면 이것도 버려주게. 그래야 편히 이야기를 나눌 수 있을 것 같아. 아, 기왕이면 저기에 있는 물도 한 잔 부탁하지."

"이리 주십시오."

어쨌든 자리에서 몸을 일으킨 루드리히가 이번에는 입안에 손가락을 넣더니 무언가를 토해냈다. 바로 조금 전 의원이 먹여준 약이었다.

그는 그것을 목 안으로 넘기지 않고 있다가 다시 꺼내는 것 같았다. 숀은 그 점을 깨닫고는 약을 받아 든 다음 일단 물부터 떠다 주었다.

"고마우이. 워낙 눈치가 빠른 녀석이라 거의 목 안으로 넘어가기 직전에 간신히 잡아 놓고 있었거든."

벌컥벌컥.

루드리히는 정신없이 물을 들이켜더니 입을 열었다.

“크어~ 시원하다. 이제야 좀 살 것 같네 그려. 나이가 들면 몸은 마음대로 움직이기 힘들어지지만 지혜는 약간 늘어나는 법이지. 그래 봤자 어차피 오래 살기는 어려울 것 같지만 말이야.”

숀은 그런 그를 신기하다는 표정으로 바라보고만 있었다.

‘참으로 특이한 양반일세. 과연 왕은 다르다는 건가? 하지만 묘하게 끌리는 분이야. 내가 상상했던 것보다 더 괜찮은 분인 거 같기도 하고……. 어째서 아버지께서 그렇게 이 분을 그리워하시는지 이해가 가.’

자신의 할아버지가 왕이라는 것을 모르고 있을 때는 할아버지가 돌아가신 것으로 알고 있었다. 그때도 루카스는 숀에게 자주 자신의 아버지 이야기를 하곤 했었다. 참 너그럽고 인자한 분이라고 말이다. 그러면서 다시 한 번 뵐 수만 있다면 소원이 없을 것 같다고 했다. 그때만 해도 숀은 돌아가신 분을 마냥 그리워한다고만 생각했지 설마 살아계신데도 볼 수 없는 신세라고는 생각하지 못했었다. 그게 왠지 더 서글픈 숀이었다. 그리고 그런 감정은 두 백부에 대한 원망으로 번져갔다.

“자네, 누군가를 미워하고 있는 모양이군. 그렇게 무서운 표정을 짓는 것을 보니 말이야."

"아… 꼭 미워하는 것이라고는 할 수 없습니다. 단지 큰 죄를 지은 자들을 어떻게 혼을 내줄까 잠깐 생각한 것뿐이니까요."

네 정체가 뭐냐고 하면서 호통을 지는가 혹은 밖에 있는 시종들이라도 불러야 정상인 상황인데도 루드리히는 전혀 그렇게 하지 않았다.

그는 여전히 원래부터 숀을 아는 사람인 것처럼 그저 편안한 목소리로 말을 이어가고 있었다.

"그들이 누구인지는 모르겠지만 정말 불쌍하군. 자네처럼 무서운 사람에게 잘못을 저질렀으니 말이야. 허허."

"혹시 제가 누구인지 아십니까?"

그럴 리가 없다고 생각하면서도 숀은 바보 같은 질문을 던질 수밖에 없었다. 워낙 루드리히 2세가 정곡을 찌르는 말을 한 탓이다.

"오늘 처음 본 사람을 내가 어찌 알겠나? 단지 자네의 기세가 범상치 않은 것을 보고 그렇게 말했을 뿐이네."

"그럼 제가 누구인지 또 이곳에 왜 온 것인지도 궁금하지 않으십니까?"

숀은 지금까지 두 번의 생을 살아오면서 이런 인물은 처음 만나보았다. 보통의 사람들은 오밤중에 자신을 만나게 되면 졸도를 하거나 살려달라고 빌었다.

담력이 센 사람이라고 해도 겁에 질리는 것은 마찬가지였다. 하지만 이 병약한 노인네는 은연중에 오히려 숀으로 하여금 압박감을 느끼게끔 하고 있을 정도였다. 그의 입장에서는 참으로 신선한 충격이다.

"자네가 말하고 싶으면 묻지 않아도 알려줄 것이고 그렇지 않다면 내가 아무리 협박해도 말하지 않을 텐데 궁금해해서 뭐하겠나? 대신 자네를 이렇게 계속 보고 있자니 내가 아는 누군가와 많이 닮았다는 생각은 드는군."

"그, 그게 누구입니까?"

숀은 자신도 모르게 다급한 어조로 질문을 던졌다. 그 답지 않은 모습이었다.

"자네도 들어봤을지 모르겠군. 나의 셋째 아들 루카스라는 이름을……. 내 눈이 많이 침침해지기는 했지만 볼수록 많이 닮았어. 신기할 정도로 말이야."

루드리히 2세가 여기까지 말을 하자 숀은 결국 무너지고 말았다.

"크흑… 할, 할아버지!"

"뭣이라고? 방금 뭐, 뭐라고 한 것이냐?"

그리고 그렇게 침착하던 루드리히 2세도 결국 넋이 나가 버렸다.

2

태어나자마자 죽었다고 여겨왔었다. 못된 자식들 둘이 모함을 해 그렇게 애지중지했던 삼왕자를 내친 것으로도 모자라 녀석들은 루카스가 낳은 아들마저 죽였다고 했었기 때문이다. 그게 벌써 이십여 년 전 루드리히 2세의 비밀심복이 했던 보고였다.

그런데 지금 그의 눈앞에 자신을 할아버지라고 부르는 청년이 등장했으니 그의 심정이 어떠했겠는가.

"정녕… 정녕 네가 루카스의 아들이라는 말이냐?"

"그렇습니다. 정식으로 인사 올리겠습니다. 숀 폰 루드리히, 태어나서 처음으로 할바마마를 뵙습니다."

넙죽.

루드리히 2세가 믿을 수 없다는 말투로 묻자 숀이 뭔가를 결심한 듯 자세를 바로 하더니 정식으로 인사를 올렸다. 여기에는 루드리히 2세를 할아버지로 인정하겠다는 뜻이 숨어 있었다.

"오! 신이시여! 어서 이리 와보거라. 이름이 숀이라고?"

"네. 태어났을 때부터 울지 않는 아이라고 그렇게 이름 지었다고 들었습니다."

루드리히 2세는 숀을 조금도 의심하지 않았다. 의심을 하기에는 숀의 생김새나 그에게서 풍기는 기운이 셋째 아들 루카스와 너무나 똑같았기 때문이다. 거기에 루드리히 가문의 사람에게서만 느낄 수 있는 고귀함까지 말이다. 이런 것들은 억지로 꾸미려고 해도 절대 꾸밀 수 없는 부분임을 그는 누구보다 잘 알고 있었다.

"허허허! 과연 짐의 손자로고. 얼마나 용감한 사람이 되려고 태어나서도 울지 않았다는 말이냐."

"그래서 제가 겁이 없는 모양입니다. 하하하!"

조손은 평생 처음으로 만난 지 겨우 오 분도 채 지나지 않았건만 너무나도 자연스럽게 대화를 나누었다. 특히, 루드리히 2세는 최근 십 년 이래에 처음으로 진심으로 웃을 수 있었다. 이 순간만큼은 자신이 아픈지도 모를 정도였다.

"그동안 고생 많았… 읍! 콜록콜록… 이런, 이 중요한 순간에 또 기침이……. 콜록콜록!"

"잠깐만 가만히 계셔 보세요. 제가 임시 조치를 취해 드릴게요. 옥체에 손을 좀 대도 괜찮겠죠?"

"당연하지. 아까 그 늙은 여우 같은 놈에게도 맡기는 판국에 손자에게 뭔들 못 맡기겠느냐… 콜록콜록!"

기침은 한 번 터지면 쉽게 가라앉지 않았다. 게다가 기침 뒤에 따라오는 고통은 상상을 초월할 만큼 엄청났다. 그런데도 루드리히는 지금 그 고통마저 참아내고 있었다. 숀은 그의 몸 이곳저곳을 짚어보다가 그 사실을 알 수 있었다.

'연세가 많으신 대다가 중독된 상태라 하루하루 버티기가 무척 힘드시겠구나. 몸 안의 모든 기혈이 엉켜 있을 정도이니 그 고통만 해도 엄청날 텐데……. 정말 대단한 인내심의 소유자시다.'

숀은 속으로 감탄을 하면서도 아까보다 더 세밀하게 루드리히 2세의 상태를 체크해 나갔다. 그러다나 마침내 무엇인가 알아냈는지 그의 표정이 조금 밝아졌다.

"잠깐이기는 해도 목덜미 쪽이 조금 아프실 겁니다."

"콜록콜록! 그런 걱정은 하지 말고 어서 기침이나 멋게 해보아라. 콜록콜록… 그래야 너와 이야기를 나눌 수 있을 것 같으니……. 콜록!"

지금 루드리히 2세에게 가장 큰 고통은 육체적인 것이 아니었다. 그는 무려 20여 년 만에 만난 손자와 이야기를 나눌 수 없는 것이 훨씬 더 아팠다. 숀도 그것을 깨달았기에 더 이상 망설이지 않고 바로 그의 목 근처에 있는 혈도와 등에 있는 혈도를 동시에 때렸다.

탁!

"윽! 커컥!"

그러자 루드리히 2세의 입에서 어른의 주먹만 한 크기의

새까만 핏덩어리가 뿜어져 나왔다.

"가만히 계세요. 피를 닦아 드릴게요."

칼론 왕국은 물론 주변 왕국까지 모두 뒤져서 찾아낸 명의들도 이런 기적을 만든 적이 단 한 번도 없었다. 이게 얼마나 오래 갈지는 몰라도 루드리히 2세는 갑자기 붕 뜨는 것 같은 기분과 함께 상쾌하고 가벼운 느낌을 받고 있었다. 그래서인지 눈을 한껏 크게 뜨며 숀에게 물었다.

"오! 대체 방금 어떻게 한 것이냐? 피를 토해내니 십 년 이상 가슴을 막고 있던 뭔가가 쑥 내려간 기분이 드는구나. 게다가 기침도 멈춘 것 같고……."

"그렇게 대단한 것은 아니에요. 할바마마께서 가지고 있는 고질병이 나은 것도 아니고요. 하지만 당분간은 기침을 하거나 가슴이 답답할 일은 없을 거예요. 그리고 다시 그런 증상을 느끼기 전에 제가 반드시 병을 낫게 해드릴게요."

"네, 네가 의원으로 성장한 모양이구나? 그것도 세상이 깜짝 놀랄 만한 명의로 말이다."

못된 백부들에게 쫓겨 다니느라 사는 것도 힘들었을 텐데 이런 놀라운 의술을 배웠다니……. 그것만으로도 루드리히 2세는 목이 메일 만큼 감격했다.

"네. 그러니 이제 아무 걱정하지 마시고 우선 편히 쉬세요."

"원래부터 죽음에 대한 걱정은 없었다. 진작 죽었어야 했던 내가 왜 지금까지 살아 있는지 아느냐?"

숀은 여전히 건강상태가 불안한 루드리히 2세를 최대한 안정을 시키려 했지만 그는 지금까지 못다 한 말이 많아서 그런지 도통 누우려고 하지를 않았다.

"그런 말씀은 하시지 마세요. 할바마마. 제가 온 이상 할바마마께서는 앞으로도 몇십 년은 더 사실 수 있다고요."

"허허, 말이라도 고맙구나. 그래도 어쨌든 이 이야기는 꼭 들려주고 싶구나. 내가 악착같이 살아 있는 이유는 바로 너의 아비 때문이었단다. 내가 죽어버리면 루카스가 더 힘들어질까봐 죽고 싶어도 죽을 수가 없었어. 그리고 살아생전에 꼭 그 녀석을 한 번만이라도 만나고 싶었지. 그런데 설마 루카스의 아들인 네가 살아서 나를 찾아올 줄이야……. 이거야말로 신의 축복이자 놀라운 기적 아니겠니?"

숀은 오늘 진정한 혈육의 정이 무엇인지 제대로 알 것 같았다. 그는 태어날 때부터 전생의 기억이 있었기 때문에 많은 부분에서 헷갈렸었다. 부모에 대한 감정도 어느 것이 진짜인지 모를 정도로 말이다. 그러나 이 대륙에서 자신의 뿌리라고 할 수 있는 할아버지를 만난 지금 이거야말로 피할 수 없는 숙명이라는 생각이 들었다.

"그건 저도 그래요. 그래서 더 그들이 밉다는 생각이 드네요. 용서하지 못할 정도로 말이에요."

"그 마음은 나도 이해한다. 그렇지만 복수할 생각은 하지 않았으면 좋겠구나. 너의 백부들이라서가 아니라 그건 계란으로 바위를 치는 것만큼이나 어리석은 짓이라고 할 수 있거든. 이렇게 힘들게 너를 만났는데 다시 잃을 수는 없지. 아무렴."

숀이 굳이 이야기를 하지 않아도 루드리히 2세는 신기할 정도로 그의 마음을 정확히 읽고 있었다. 그의 능력까지 알지는 못하더라도 말이다.

"그것은 제가 알아서 하겠습니다. 대신 한 가지만 말씀해 주십시오. 그들은… 살아 있을 가치가 있는 자들인가요?"

쿵.

숀의 단도직입적인 물음에 루드리히 2세는 심장이 내려앉는 것 같은 충격을 받았다. 그냥 담담한 어조일 뿐이었는데도 왠지 그가 마음만 먹으면 진짜로 다 죽일 수 있을 것 같은 기분이 든 탓이다.

"너는 그들이 밉겠지. 하지만 아무리 잘못을 했다 한들 내게는 모두 같은 자식이란다. 네 아비에게는 형이고 말이다. 어느 정도 혼을 내주는 것은 나도 말리지 않겠다만 죽여서는 안 된다는 게 내 뜻이다."

“저도 사실 이곳에 오기 전까지는 죽일 생각은 별로 없었습니다. 그러나 아우를 죽이려고 했던 것도 모자라 아버지까지 죽이려는 것을 보고는 참기 힘들더군요. 그런데도 그들을 감싸 주시려고 하다니… 솔직히 놀랐습니다.”

왕을 치료해야 하는 의원이 왕에게 독약을 건네는 것만 봐도 왕자들의 짓임을 알 수 있었다. 그랬기에 손은 은연중 백부들을 없애버릴 생각까지 하고 있던 참이었다. 하지만 당하고 있는 당사자가 이렇게 말을 하는 데야 맥이 빠질 수밖에 없었다.

Chapter 06

몬스터 다루기

1

밤이 제법 깊어가고 있었지만 숀과 루드리히 2세의 대화는 점점 더 그 열기를 더해가고 있었다. 특히, 민감한 이야기가 오간 이후부터는 더욱 그랬다.

"알고 보면 녀석들도 원래부터 악했던 것은 아니란다. 질투에 눈이 멀어 동생을 미워하기는 했지만 그렇다고 죽일 정도는 아니었지. 후우… 조금 힘들구나. 물 한 잔만 더 주겠니?"

"네, 잠시만요."

벌컥벌컥.

손이 다시 물을 떠다 주자 루드리히 2세가 정신없이 들이켰다. 워낙 긴장을 한 데다가 오랜만에 긴 대화를 나누어서 그런지 꽤나 갈증이 심했던 모양이다.

"캬~ 오늘따라 이상하게 물맛이 좋구나. 꿈에 그리던 손자가 떠다 줘서 그런 모양이네. 참, 우리가 이렇게 떠들고 있으면 녀석들이 이상한 낌새를 알아차릴 텐데……."

"그 점은 조금도 염려하지 마세요. 제가 우연히 신기한 마법을 몇 가지 배울 수 있었거든요. 아까 그것을 이용해서 이 안의 대화가 절대 밖으로 새어 나갈 수 없게끔 조치를 취해 놨어요."

"이런, 의학뿐 아니라 마법까지 섭렵하다니……. 정녕 자랑스러울 정도로구나. 이렇게 똑똑하고 잘난 손자를 못 만나고 죽었더라면 얼마나 억울했겠는고."

보통의 사람이라면 의학이든 마법이든 그중 하나만 배우기에도 매우 버겁다. 물론 마법 중에는 치료에 쓰이는 마법도 있기는 하지만 그것도 의학적 지식이 우선인지라 그리 간단하지는 않았다. 루드리히 2세도 그 정도는 알고 있었기에 이처럼 놀라는 것이다.

"자꾸 그러시면 제가 너무 쑥스러워집니다. 그러니 그 이야기는 이쯤 하시고 아까 하시던 말씀이나 계속해 주세요."

"허허, 알겠다. 아까 내가 어디까지 이야기했더라?"

나이도 많은데다가 건강마저 좋지 않아서 그런지 루드리히 2세는 자꾸 깜빡깜빡하는 것 같았다. 하지만 숀은 조금도 귀찮지 않다는 듯 가만히 얼굴에 미소를 지으며 다시 입을 열었다.

"그들이 동생을 죽일 정도로 나쁜 심성은 아니있다고 하셨습니다."

"아참, 그렇지. 그랬던 녀석들이 어느 날부터 달라지기 시작하더라고. 그동안 내가 은밀히 조사해 본 결과 놀랍게도 두 왕자의 배후에는 무서운 조직이 숨어 있는 것 같았어. 워낙 은밀하고 치밀하게 움직여서 그들의 정체를 제대로 밝혀내지는 못했지만 왕자들이 달라진 이면에는 분명 그들의 입김이 작용했을 게야."

놀랍게도 루드리히 2세는 왕자들의 배후를 이야기했다. 이는 욜라가 숀에게 전해준 이야기와 일치하고 있었다. 단지, 일왕자의 배후에도 누군가가 있다는 것은 처음 듣는 이야기였지만 말이다.

"일왕자와 이왕자 뒤에 배후가 있다고요? 그들이 누구인지 대충이라도 모르십니까?"

"너의 첫째 백부는 용감하고 배짱이 두둑하기는 하지만 머리가 그리 좋은 편이 아니란다. 그러다 보니 그의 주변에는 아첨꾼들과 그를 격분시켜 자신들의 이익을 도모하려는 무리들이 끊이질 않았지."

"혹시 그들 중 대표적인 사람이 말도스 공작 아닙니까? 제가 조사해 본 바에 의하면 그자가 일왕자의 최측근인 것 같다던데……."

욜라가 숀이 태어나기 전부터 루카스와 긴밀한 관계를 갖고 있던 듀렌을 쫓다가 발견했던 인물도 말도스 공작이었다.

그날 모임에서 그들이 워낙 조심스러운 데다가 욜라조차 알 수 없는 암호까지 섞어서 이야기를 나누는 바람에 자세한 대화 내용은 듣지 못했다고 했다. 하지만 그곳에 모여 있던 인물들만 보더라도 일왕자 바스티안과 밀접한 관계가 있는 것 같아 보였다고 했다.

그 내용이 떠올라 숀은 이처럼 넘겨짚어 보았던 것이다.

그런데…….

"허어… 네가 그런 내용까지 알고 있다니 정말 놀랍구나. 대체 그런 정보는 어디서 입수한 게냐?"

"저에게도 제법 쓸 만한 정보원들이 있거든요. 단지 왕궁 안에서 일어나고 있는 일은 그 역사가 제법 오래된 데다가 복잡해서 아직 그 뿌리까지 파악하지는 못했습니다. 그래서 더더욱 할바마마를 만나러 온 것이고요."

숀은 자신이 이곳에 온 이유를 숨기지 않았다.

본능적으로 루드리히 2세가 자신의 편임을 확신한 탓이다. 그러나 반대로 루드리히는 이 말에 새삼 놀랄 수밖에 없었다.

"그렇다면 애초부터 나를 만나기 위해 이 깊은 구중궁궐 안까지 잠입했다는 것이냐?"

"그렇습니다. 솔직히 할바마마가 어떤 분이신지 그게 가장 궁금하기도 했고요."

"그래? 어떤 것 같으냐?"

손자의 평가가 몹시 궁금한 듯 루드리히 2세가 잔뜩 기대하는 얼굴로 되물었다.

"제가 상상해 왔던 것보다……."

"보다……?"

"훨씬 멋지신 거 같아요. 헤헤."

둘이 만난 이후 처음으로 숀이 가식 없는 웃음을 보였다. 그러자 루드리히 2세가 큰 감격을 느꼈는지 갑자기 그의 목을 끌어당기더니 강하게 안았다.

와락!

"그래, 내 새끼……. 좋게 봐줘서 고맙구나. 그리고… 정말 미안하다. 내내 고생만 시켜서……."

"고생은요… 오히려 산으로 들로 뛰어다니며 커서 좋기만 했는걸요. 그동안 저보다 할바마마가 훨씬 고생하신 거 같아 마음이 아프네요."

"녀석……."

꾸욱…….

두 사람은 잠시 동안 그러고 있었다. 무려 이십여 년 만에 만난 조손이니 그럴 만도 했다.

그렇게 얼마나 안고 있었을까 싶을 무렵 루드리히 2세가 중요한 것이 떠올랐다는 듯 숀을 살며시 밀어내며 다시 입을 열었다.

"이런… 하마터면 중요한 이야기를 빼먹을 뻔했구나. 아까 네가 말한 것 중에 아주 큰 실수가 하나 있었거든."

"실수요? 그게 뭔데요?"

"실수라기보다 잘못된 정보라고 해야 옳겠구나. 바로 그 말도스 공작에 관한 것 말이다."

"그가 왜요?"

아직까지 숀은 말도스를 나쁜 인간으로 낙인찍어 놓고 있었다. 자신이 손보아야 하는 인물 중 한 명이기도 했고 말이다. 그래서인지 되물어 보는 그의 말투는 꽤나 건조했다.

"그는 절대 바스티안의 배후가 될 수 없는 인물이다. 왜냐하면 그는 그야말로 짐의 가장 충직한 신하이기 때문이지."

"네에? 그, 그게 정말이세요?"

이건 그야말로 대반전이었다. 지금까지 나쁜 놈이라고 생각했던 말도스가 할아버지의 가장 충실한 신하라니…….

전혀 예상치 못한 사실이었다.

"두 아들의 배후에 상상할 수 없을 만큼 무서운 존재들이 있다는 것을 알아낸 사람도 바로 그였다. 그래서 우리들은 그 무렵부터 한 가지 계획을 세우게 되었지."

"계획이라면……."

"두 녀석은 물론 배후들도 철저히 속게끔 말도스가 그들과 한편이 되게 한 것이다. 특히 그중 속이기가 더 수월한 바스티안 왕자 쪽으로 말이다. 그런 다음 교묘하게 그 녀석을 조종해서 크리스티안을 견제해 온 게야."

"아……."

루드리히 2세의 말을 듣는 순간, 숀은 렌탈 영지와 크롤 영지 그리고 최근 흡수한 테우신 영지가 생각보다 쉽게 자신들의 수중에 떨어진 이유를 깨달을 수 있었다.

바로 말도스 공작이 배후에서 두 왕자의 알력을 교묘하게 조장해 제3의 세력이라고 할 수 있는 렌탈 남작의 세를 키워주었던 것이 분명했다.

그들의 세력이 커질수록 두 왕자파와 대항하기 쉬울 테니 말이다. 그리고 그래야 그들의 배후도 경거망동을 하지 못할 것이라 예상했을 터였다. 숀의 명석한 두뇌는 단숨에 거기까지 생각해 냈다.

"그럼 렌탈 남작이나 크롤 백작이 간단하게 영지들을 흡수할 수 있었던 것도 알고 보면 할바마마의 입김이었군요?"

"맙소사. 네, 네가 어떻게 그들의 일까지 알고 있는 게냐?"

루드리히 2세는 이야기를 나눌수록 숀에 대해 놀라고 있었다. 그리고 그 놀라움은 점점 더 커지고 있었다.

2

숀이 루드리히 2세를 만나러 가던 날 오전, 렌탈 영지는 정신없이 바쁜 상태에 있었다. 커다란 전투 이후 잡아온 포로들을 처리하는 일부터 무지막지한 몬스터들까지 정리해야 했기 때문이다.

캬오오우~!

"꺅! 엄마야!"

"오 마이 갓!"

성안의 영주민들은 생전 처음 보는 무시무시한 몬스터들 때문에 사방에서 비명을 지르며 도망 다니기 바빴다.

몬스터들은 이미 마하엘이 데리고 다니는 끼루가 철저하게 감시하며 부리고 있다고 말을 했는데도 소용없었다.

무섭게 포효를 지르는 몬스터가 바로 코앞으로 다가오는데 어떻게 비명을 지르지 않을 수 있겠는가.

"이렇게 가다가는 우리 영지민들이 죄나 놀라서 심장마비라도 일으키겠구나. 안 되겠어. 뭔가 특단의 조치라도 취해야지……."

그런 모습을 보고 마하엘이 제법 신중한 표정으로 턱을 괸 채 고심을 했다. 그러고는 뭔가 떠오른 듯 잽싸게 끼루를 불렀다.

"끼루야!"

끼룩!

"이리 와봐."

뒤뚱뒤뚱.

마하엘의 부름에 끼루가 엉덩이를 씰룩거리며 오리걸음으로 잽싸게 뛰어왔다.

"이따가 내가 시키는 대로 저 녀석들을 움직이게 해야 한다. 어때? 할 수 있겠어?"

끼룩 끼룩~! 풍~!

마하엘이 몬스터들을 가리키며 말을 하자 끼루가 그까짓 거 별거 아니라는 듯 콧방귀까지 뀌며 고개를 끄덕였다.

"모두 나를 보세요! 내 말이 안 들리세요? 그만 소리 지르고 날 보라니까요!"

웅성웅성.

"이 사람아! 영주 대행님께서 부르시잖아!"

마하엘의 한마디에 털이 수북한 사내 한 명이 부부인 모양인지 자신의 옆에 있던 여자에게 대뜸 핀잔을 주었다.

"하지만 저 몬스터가 자꾸 나를 노려보고 있는 것 같단 말이에요. 그러니 어떻게 다른 곳으로 한눈을 팔 수 있겠어요?"

"그렇다고 감히 영주 대행님의 명을 거역할 셈이야? 저 놈들이 당장 잡아먹으려고 달려드는 것도 아니잖아!"

남편의 그 말에도 여자는 오히려 더욱 몸을 움츠리며 겁을 내었다. 그만큼 백 마리에 가까운 몬스터의 위협이 엄청났던 모양이다. 하긴 저 무서운 녀석들을 쇠사슬 같은 안전장치를 채워 놓은 것도 아니니 그럴 만도했다.

"절대 달려들 염려는 없으니 일단 이쪽으로 모여보세요."

"알겠습니다!"

우르르르.

포로들을 어느 정도 정리해 놓고 보고를 하기 위해 오던 발통이 그 모습을 보고 괘씸하다는 듯한 얼굴로 나서려했지만 영지민들이 마하엘이 가리키는 곳으로 모이기 시작했다. 덕분에 험한 꼴은 면한 셈이다.

"자, 지금부터 어째서 저 몬스터들이 전혀 위험하지 않다는 것을 증명해 보이겠습니다. 이것을 보고 나면 절대 무섭거나 하지 않을 것입니다. 사실 어떻게 보면 몬스터들이 인간보다 더 순할지도 모릅니다. 그들은 배가 고플 때 외에는 누군가를 공격하지 않으니까요. 그리고 이곳에서는 설혹 배가 고프다고 해도 절대 공격하지 않을 것입니다. 제가 통제를 할 수 있기 때문이죠."

웅성웅성.

또다시 사방이 웅성거리는 와중에 아까 자신의 아내에게 핀잔을 주었던 털북숭이 사내가 손을 번쩍 들며 질문을 던졌다.

"그럼 마하엘 영주 대행님께서 그 멘체스터인가 뭔가 하는 사람처럼 몬스터를 부릴 수 있다는 말씀이십니까?"

마하엘의 입장에서는 꽤 고마운 질문이었다.

"바로 그렇습니다. 그리고 그것을 지금 바로 보여드리겠습니다. 자! 모두 몬스터들의 정중한 인사부터 받으세요! 끼루야!"

끼루루룩~!

마하엘이 영지민들을 향해 설명한 후 끼루를 부르자 그

에 화답하듯 녀석이 커다란 울음을 토해냈다. 그러자 정녕 놀라운 일이 벌어졌다.

크오우우~!

넙죽, 넙죽!

"허억! 저, 저럴 수가……."

"진, 진짜로 인사를 하잖아?"

근육질의 커다란 몸매에 초록빛의 피부를 가진 오크들은 인간처럼 고개를 주억거렸고 소의 머리를 가진 미노타우로는 허리를 깊이 굽혔다. 뿐만 아니라 연신 깡충거리던 고블린들은 아예 땅바닥에 엎드렸다.

이런 광경은 그 어디에서도 들은 적도 본 적도 없는 희한한 장면이었다. 멘체스터도 할 수 없는 묘기이기도 했다.

"어머나! 저 오크 전사 좀 봐봐. 얼굴까지 빨개진 것 같아. 귀엽다 얘!"

"진짜 귀엽다! 호호……."

게다가 오크 전사 한 놈은 귀엽게 생긴 아가씨들이 이런 대화를 주고받는 것을 들었는지 인사 후에도 몸을 비비 꼬기 시작했다. 그런 모습은 영지민들로 하여금 더욱 몬스터에 대한 경계심을 풀어 주고 있었다.

하지만 마하엘과 몬스터들의 쇼는 이게 다가 아니었다.

"누워!"

끼룩!

우르르 쿵! 벌러덩~!

“꺄르르르~ 저것 봐봐. 너무 웃기다!”

“하하하! 오크가 강아지처럼 굴다니… 오래 살고 볼 일이네.”

“굴러!”

데굴데굴~

“호호호!”

“하하하!”

순식간에 성안에서는 행복한 웃음이 퍼져나갔다. 그렇게 무서웠던 몬스터가 이제는 애완동물 같다는 생각이 들 정도였다. 그리고 이런 일을 주도하고 있는 마하엘은 좋다 못해 눈물이 나올 정도였다.

‘헤헤. 역시 주군이야말로 최고 중의 최고야. 나에게 이렇게 멋진 몬스터를 선물해 주시다니……. 공식적으로야 누나에게 준 것이라 해야 맞겠지만 누나는 어차피 주군 거니까 결국 끼루는 영원히 내 것이 되고 말걸? 꼭 그렇게 할 거야. 꼭!’

아무리 커다란 책임을 맡고 있다고는 하나 그의 나이는 이제 겨우 열세 살이다. 아직은 치기가 완전히 가시지 않은 것이다. 하지만 그런 그도 손이 자신의 누나 파비앙을 좋아하고 있다는 것 정도는 진작부터 눈치채고 있었다.

"자, 그럼 이제 저 몬스터들도 쉬게 해주어야 할 것 같습니다. 물론 먹이도 줘야 할 것이고요. 혹시 여러분 중에 몬스터들을 위해 도움을 주실 분이 있으면 언제든지 말해 주세요. 지금 병사들은 포로들을 관리해야 하기 때문에 일손이 부족하거든요."

"저희가 일을 하는 동안에도 영주 대행님께서 계속 지켜보고 계시는 겁니까?"

마하엘의 말에 이번에도 예의 그 털북숭이가 손을 번쩍 들며 질문을 했다. 어지간히 나서기 좋아하는 사람인 듯싶었다. 물론 좋은 의미로 말이다.

"그야 물론이죠. 어떠한 경우라도 안전이 최우선이니까요."

"그럼 저희 부부가 지원하겠습니다."

"저도요!"

"저희들도 한몫 거들게 해주세요!"

일단 한 사람이 나서자 마치 봇물 터지듯 여기저기에서 희망자들이 속출하기 시작했다. 안전만 보장된다면 이번 일이 상당히 재미있을 것 같았던 모양이다.

"하하하! 다들 정말 고맙습니다. 여러분들의 이런 모습은 영주님께 꼭 말씀드려야겠네요. 아마 무척 기뻐하실 겁니다."

"호호, 당연히 해야 할 일인데요 뭐. 그런데 영주 대행님, 한 가지 더 궁금한 것이 있는데… 여쭈어 봐도 될까요?"

"물론입니다."

이번에는 오크 전사를 보고 귀엽다고 했던 아가씨가 나서서 말을 했다. 말을 하면서도 몬스터들을 힐끔힐끔 쳐다보는 모습을 보니 아직은 몬스터들에 대한 두려움이 조금 남아 있는 듯했다.

"만일 저 녀석들이 갑자기 미치거나 해서 날뛰면 어떻게 되죠? 물론 그럴 일은 거의 없겠지만요……."

"그럴 때는 당황하지 말고 곧장 제가 있는 곳으로 달려오세요. 이 녀석이 처리해 줄 테니까요. 안 되겠다. 끼루야, 아무래도 네 힘을 조금 보여 줘야겠다."

끼룩~ 끼루룩!

뒤뚱뒤뚱뒤뚱.

충분히 할 만한 질문이다. 지금은 고분고분하다고 해도 갑자기 발작이라도 하게 되면 자칫 커다란 사고로 이어질 수 있지 않겠는가. 마하엘도 그 점에 공감하는지 이번에는 끼루에게 아까와는 조금 다른 부탁을 했다. 그러자 끼루가 재빨리 몬스터들이 있는 곳으로 달려갔다. 특유의 앙증맞은 뒤뚱거림으로 말이다.

그러더니 대뜸 오크보다 키가 머리통 하나는 더 큰 미노타우로 쪽으로 다가갔다. 그러고는 한 발에 한 마리씩 녀석들의 다리를 잡더니 그것을 번쩍 들어올렸다.

끼룩!

크왕~ 어우우~!

"말, 말도 안 돼!"

"히끅… 저 쪼그만 녀석 힘 좀 보소! 진짜 무서운 몬스터는 진작부터 우리 영지 안에 있었구나. 허어……."

가볍게 힘을 준 것 같은데 마치 가벼운 새털이라도 들어올리듯 족히 몇 백 킬로그램 이상은 나갈 것 같은 미노타우로 두 마리가 허공으로 들렸던 것이다. 그 바람에 녀석들은 기겁을 하며 울부짖었고 사람들은 입을 딱 벌린 채 넋을 놓았다.

그런 가운데 마하엘이 환한 미소와 함께 말을 내던졌다.

"자, 그럼 이제 어서 일을 시작합시다."

Chapter 07

못된 형?

1

어느새 밤이 깊어졌다. 이제 궁궐 안에도 경비병들이나 몇몇 시종들 빼고는 깨어 있는 사람이 거의 없는 것 같았다.

그동안 꽤 많은 대화가 오고 갔는지 루드리히 2세와 손의 표정이 아까보다 더욱 편해 보였다.

"네가 설마 그들의 배후였을 줄이야……. 정말 믿기 힘든 이야기로구나. 게다가 처음부터 왕세손이라는 말을 하지 않고서 그랬다니……. 그게 더욱 놀랍다."

"할바마마. 저는 강합니다. 그것도 아주 강하죠. 그러니 앞으로는 걱정하지 마십시오. 제가 지켜드릴 것입니다. 대신 백부들에 대한 문제는 제게 맡겨 주십시오. 그냥 용서하기에는 제 부모님의 그간 고초가 너무 컸거든요."

두 사람의 대화 내용을 보니 손은 루드리히 2세에게 꽤 많은 이야기를 해준 것 같았다. 그래놓고 왕자들에 대한 처분권을 요구해서 그런지 루드리히 2세는 꽤나 난감한 표정을 지었다.

"그건 짐도 이해가 될 것 같구나. 휴우… 네가 그들을 죽이지만 않는다면 나도 동의하겠다."

"죽일지 살릴지도 제게 맡겨주십시오. 그건 그들을 직접 만나본 후 그때 제 가슴이 시키는 대로 하고 싶습니다."

쿵.

순간, 루드리히 2세는 심장이 멎는 것 같은 충격을 맛보았다. 그와 동시에 한없이 부드러운 사람 같아 보였던 자신의 손자의 속에 실로 엄청나게 무서운 패도적인 기운이 있음을 느꼈다. 그건 오로지 스스로의 힘으로 왕좌에 오른 이가 아니고서는 갖기 힘든 선척적인 기세였다.

과거 엄청난 카리스마로 왕좌를 차지했던 루드리히 1세가 가졌던 기세와 같았다.

"으음, 아무래도 너는 나나 너의 아비보다는 증조할아버지를 더 많이 닮은 것 같구나. 그럼 한 가지만 물어 보마."

"네, 말씀하세요."

"그들이 배후의 인물들 때문에 잘못된 길로 들어선 것이 맞고 또 훗날 잘못을 뉘우치게 된다면 어떻게 할 생각이냐? 그것만이라도 말해 다오."

처음에는 손이 지신의 손자라는 말에 긴가민가했었다. 그러나 워낙 루카스의 젊을 때 모습과 닮은 데다가 이야기를 나누면 나눌수록 확실하다는 것을 깨달은 루드리히 2세였다.

"그럼 저도 용서를 해야겠죠. 분명 제 아버지도 그러실 테니까요. 하지만 그게 아니라면 제가 무슨 짓을 하게 될지… 그건 지금 뭐라고 말씀드릴 수 없습니다. 아직 저도 모르겠으니까요."

"휴우, 알겠다. 어차피 이렇게 된 이상 그냥 너에게 맡기는 것이 옳겠지. 하지만 이건 알아야 한다."

"말씀하십시오."

손은 루드리히 2세가 참 마음에 들었다. 어찌 보면 늙고 병든 노인에 불과했지만 그는 결코 조급해 하거나 서두르지 않았고 무엇보다 처음 만난 자신의 말을 믿어주고 있었다.

그의 오랜 경험에 의하면 이런 사람을 만나기는 결코 쉽지 않다. 하물며 바로 그 사람이 자신의 혈족인 데다가 왕이니 말해 무엇하랴.

"렌탈 남작과 크롤 백작의 부대가 강하다는 것은 나도 어느 정도 인정하고 있다. 하지만 아직 그들만으로는 바스티안과 크리스티안의 군대를 이길 수 없을게야. 그러니 절대로 서두르거나 함부로 나서지 마라. 그러다가 잘못되면 이후 다시는 기회가 오지 않을 테니 말이야."

"훗, 무슨 말씀인지 알겠습니다. 하지만 그 부분은 걱정하지 마세요. 아까 제가 말씀드렸다시피 저는 아주 강합니다. 할바마마가 생각하는 것 이상으로 말입니다. 그리고 제가 이끌고 있는 군대도 일반 상식을 뛰어넘은 지 오래이지요. 그보다는 오늘 이후부터 할바마마의 거취가 가장 큰 문제입니다."

숀의 말에 루드리히 2세는 자존심이 상했는지 큰소리를 쳤다.

"내 비록 늙고 힘이 없기는 하지만 아직은 버틸 만하다. 그러니 내 걱정까지 할 필요는 없느니라."

그런 그의 말은 숀에게는 조금도 먹히지 않았다.

"우선 지금 안고 있는 병을 제가 깨끗이 치료해 드리겠습니다. 그런 다음 제가 드리는 환을 하나 삼키십시오. 그렇게 하면 할바마마를 노리고 있는 자들이 병세가 나았다는 것을 절대 눈치채지 못할 테니까요."

"그런 것도 할 수 있다는 말이냐?"

"물론입니다. 자, 그럼 저는 내일 밤에 다시 찾아뵙겠습니다. 치료를 하려면 몇 가지 약초가 필요하거든요."

중원에서부터 이곳의 삶까지 이어오면서 손이 나아진 것은 무공뿐만이 아니었다.

그는 과거에 머릿속으로만 알고 있던 의학 이론을 이제는 거의 다 자신의 것으로 흡수한 상태였다. 그런 그가 고치지 못할 병은 거의 없다고 해도 과언이 아니었다. 특히 해독 부분은 중원과 이 대륙을 통틀어 역사 이래 최고라고 할 만했다.

"가, 가겠다고?"

"완전히 가는 것이 아니라 약초를 준비해서 내일 밤에 다시 오겠다고요. 어쩌면 그때는 일행을 데리고 올지도 모르겠습니다. 앞으로 할바마마를 곁에서 지켜줄 만한 아우가 한 명 떠올랐거든요."

손이 이렇게 말하는 순간, 왕궁에서 한참 멀리 떨어진 곳에서 죽어라고 테우신 영지를 향해 달려가고 있던 욜라가 갑자기 재채기를 했다.

최근 그녀를 개처럼 부려먹고 있는 나쁜 형이 자신의 말을 하고 있다는 것을 느낀 모양이다. 얻는 것 없이 참으로 고달픈 욜라였다.

"허허, 네가 그렇게 말을 해서 그런지 그에 대한 신뢰가 마구 생기는 것 같구나. 알겠다. 그럼 내일 네가 올 때까지 쥐 죽은 듯 가만히 누워 있으마. 그런데 지금 나가면 밖에 있는 병사들이 구경만 하고 있지는 않을 텐데 괜찮겠느냐? 네가 곤란할 것 같으면 내가 핑곗거리를 만들어 줄 수도 있다."

"하하! 그렇게 쉽게 그들에게 발각될 것 같았으면 이미 이곳으로 들어올 때 붙잡혔겠죠. 그런 것은 제가 알아서 할 테니 아무 걱정하지 마세요. 그럼 내일 다시 뵙겠습니다."

"그, 그래라."

스르르… 팟!

그의 말이 끝나기가 무섭게 갑자기 손의 몸이 눈앞에서 흩어지더니 순식간에 사라져 버렸다. 문을 여닫는 낌새조차 없었는데 말이다.

"허어, 루카스가 아무래도 드래곤을 자식으로 얻은 모양이야. 도대체 못하는 것이 없는 것 같으니 말이야. 그나저나 그 바람에 이 녀석들이 곧 조카에게 크게 혼나겠어. 허허허."

루드리히 2세가 이렇게 중얼거리다가 곧 잠에 빠져들었다. 아까와는 달리 기침 한 번 없이 너무나도 편안한 모습이다.

슈우욱~!

"욜라에게는 미안하지만 할바마마를 위해서는 그게 최선의 방법일 것 같아. 현재 내 측근 중에서는 녀석의 능력이 최고이니 말이야. 렌탈 영지에서 테우신 영지로 연결된 길을 찾아보면 미리 만날 수 있을 거야. 더 빨리 날아가자."

파팟!

쎄에에엑~!

이건 마치 번개가 움직이는 것 같았다. 그만큼 숀이 날아가는 속도는 상상을 초월했다.

그가 그렇게 서두르고 있을 때 욜라는 지금 숀이 테우신 성안에 있는 것으로 알고 있었기에 그쪽을 향해 열심히 말을 달리고 있었다. 숀처럼 끝을 알 수 없는 내공을 가지고 있지 않는 한 쉬지 않고 달리거나 날 수 있는 인간은 존재할 수 없는 일. 그건 그를 제외하고는 가장 빠르고 날쌘 욜라도 마찬가지였다. 그랬기에 그녀는 시간을 아끼기 위해 상당한 거리를 달리기는 했지만 마나가 고갈 될 것 같을 때는 이처럼 말을 이용하기도 했다.

"끼랴~! 이제 곧 동이 트겠네. 그렇다는 것은 잘하면 오늘 날이 저물기 전까지는 테우신 성에 도착할 수 있다는 이야기겠지. 빨리 가서 이 괘씸한 형을 한 대 때려 주고 쉬어야겠어."

"이런, 이런……. 내가 그렇게 나쁜 형이었나?"

"꺄아악! 누, 누구……."

휘청~

천하의 율라도 칠흑 같은 어둠속에서 갑자기 누군가가 달리고 있는 자신의 뒤에 나타나자 기절할 듯 놀랐던 모양이다. 비명까지 지르는 것을 보면 말이다. 어쩌면 이 비명이야말로 그녀 난생처음 질러 보는 비명일지도 모르겠다.

덥석!

"어허~ 떨어질라……. 네 형이지 누구겠느냐?"

"혀, 혀, 형……."

너무 놀라서 말 위에서 떨어질 뻔한 순간, 따뜻하고 강인한 팔이 그녀를 와락 안아주었다. 그리고 곧 그녀의 심장은 미친년 널뛰듯 정신없이 뛰기 시작했다.

2

태어나서 지금까지 맨 정신으로 사내 품에 안겨 본 것은 지금이 처음이었다.

언제나 복면을 쓰고 다니는 그녀인지라 그 누구도 그녀가 어떻게 생겼는지 알지 못했다. 그게 지금도 큰 도움이 되었다. 그렇지 않았으면 형이라고 부르는 숀 앞에서 불길처럼 새빨갛게 달아오른 볼을 보였을 테니 말이다.

"어, 어서 내려줘요."

"내가 미쳤어? 이렇게 보드라운 짐승이 내 품에 안겨 있는데 그냥 바로 풀어주게? 히히, 우리 조금만 더 이러고 있자. 나름 그래도 형제라면 형제인데 아직 한 번도 안아본 적이 없잖아. 아~ 따듯해라."

꾸욱.

콩닥콩닥콩닥.

숀이 뻔뻔스러운 멘트를 날리며 그녀를 좀 더 강하게 끌어 앉자 욜라의 심장이 더욱 빨리 뛰기 시작했다. 이러다가는 곧 죽을지도 모른다는 생각이 들 만큼 말이다. 하지만 그러면서도 어느새 그녀의 팔은 숀의 목뒤로 감겨 있었다.

흠칫.

쿵쿵쿵쿵쿵!

그녀가 팔을 감아 오는 순간, 숀의 심작이 발작했다.

말로 형언하기 힘든 황홀한 향기가 그의 묘한 감정을 자극했기 때문이다.

"욜, 욜라야."

"쉿! 잠시만… 잠시만 이렇게 있어줘요. 아무 말도 하지 말고……."

"……."

아직 동이 트기 전이라 사방은 아주 깜깜했다. 그게 바보 같은 두 사람의 감성을 자극한 모양이다. 점점 포옹이 깊어지는 것을 보니 말이다.

꾸욱.

"하아, 하아……."

숀이 욜라를 더욱 바짝 끌어당기자 그녀의 숨소리가 매우 거칠어졌다. 동시에 입에서는 단내가 풍겼다.

숀의 혼을 홀랑 빼앗아 가는 무서운 유혹의 숨결이었다.

"네 얼굴이… 보고 싶어."

"…보고 형이 실망할까 봐 무서워요."

"훗, 바보. 겨우 외모 따위가 너를 향한 애틋한 내 감정을 없앨 수는 없어. 나를 믿어."

사실 숀은 언제든 마음만 먹으면 그녀의 얼굴을 볼 수 있었다. 그러나 그는 일부러 그런 짓을 하지 않았다. 그건 욜라에 대한 실례라고 생각했기 때문이다.

하지만 그렇다고 그녀의 모습이 궁금하지 않았던 것은 아니다. 내내 참고 있었을 뿐, 보고 싶어 미칠 지경이었다. 욜라도 그의 이런 성향을 알고 있었기에 거절하기가 쉽지 않았다.

"정말 보고 뭐라고 하기 없어요? 만일 놀리면 절대 그냥 두지 않을 거야."

"바보. 내가 그럴 사람 같아?"

"아니요. 그럴 사람이었으면 내가 형으로 삼지도 않았겠죠. 하아, 알았어요. 나에게는 유일한 형이니까… 벗을게요."

쿵쿵쿵쿵쿵!

또다시 손의 심장이 뛰었다.

물론 이번에는 아까와는 조금 다른 의미였다. 그러면서 그는 속으로 혹시 괴물 같은 얼굴이 나타나도 놀라지 않겠다고 결심하고 있었다.

욜라 정도면 얼굴이 아니라도 매력이 많지 않은가. 그의 주변에는 대륙을 통틀어도 적수가 없을 만한 미녀가 둘이나 있다. 하지만 그중 가장 완벽한 몸매를 가진 여자를 꼽으라면 손은 서슴지 않고 욜라를 꼽을 것 같았다. 그리고 그녀에게는 별빛보다 아름다운 눈이 있지 않은가. 그것만으로도 손은 그녀를 사랑할 수 있을 것 같았다.

스르르.

"꿀꺽!"

멈칫.

그러는 사이에도 한참을 망설이던 욜라가 마침내 손을 복면으로 가져갔다. 그러고는 아주 천천히 복면을 위로 올렸다.

바로 그때, 하필 구름에 가려 있던 달이 방긋거리며 나타났다. 그 바람에 그녀의 턱과 입주변이 또렷이 보였다. 그것을 보고 숀이 주책없이 마른침을 삼켰고 거기에 놀란 듯 욜라의 손이 또 멈추었다.

"형, 아니, 숀 님."

"으응?"

"제가 복면을 쓰기 시작한 것은 10살이 되던 해부터였어요. 그때 결심했었죠. 지아비가 될 사람 앞에서만 이 복면을 벗겠다고……. 물론 고귀한 숀 님과 제가 부부가 될 수는 없다는 거 잘 알아요."

"그게 무슨 소……."

숀이 뭐라고 하려고 하자 욜라는 자신의 손가락으로 그의 입술을 막으며 말을 이어갔다.

"쉿! 지금은 듣기만 하세요. 그래도 상관없어요. 저는 이미 숀 님에게 제 모든 것을 주기로 결심했으니까요. 대신 이제부터 둘만 있을 때는 그냥 숀 님이라고 부를 수 있게 해주세요."

말을 마친 욜라는 마침내 복면을 완전히 벗어버렸다.

"……."

그리고 한동안 정적이 흘렀다.

"보, 보기 싫죠? 다시 복면을 쓸까요?"

"아니, 잠깐만! 한 가지만 먼저 물어 볼게."

숀은 그녀의 얼굴에서 눈을 떼지 못한 채 다급히 말했다.

왜 그러는 것인지는 몰라도 행여 다시 복면을 쓸까봐 전전긍긍하는 모습이다.

"너 대체……. 진짜 나이가 몇 살이냐?"

"갑자기 나이는 왜요? 많이 들어 보이나요?"

"많이 들어 보이냐고? 하하… 하하하……. 진짜 어이가 없네. 너 지금 보니 딱 열네 살 정도로 밖에 안 보여. 그나마 몸매가 풍만해서 어른 같은 거지 얼굴만 보면 완전 애기야. 애기!"

욜라의 말에 숀이 흥분한 어조로 말했다.

"그, 그래서 싫으신가요?"

천하의 그림자 인간 욜라가 울먹이고 있었다. 이건 그야말로 놀랄 노 자였다.

그녀를 아는 자들이 보았다면 자신의 눈을 믿지 못할 만큼 충격적인 장면이다.

"싫으냐고? 이 바보야! 세상에 어떤 남자가 너처럼 몸매는 풍만하고 얼굴은 소녀 같은 여자를 싫어할 수 있겠냐? 솔직히 내 상상 그 이상이다! 우하하하! 이리 와봐. 우리 귀염둥이……."

와락!

"쇼, 숀 님……."

버둥버둥.

숀이 다시 그녀를 바짝 끌어안자 그제야 욜라의 복면 아래 얼굴이 나타났다. 그리고 그 모습은 소름끼치는 충격을 던져줄 정도로 희고 아름다웠다. 아니, 솔직히 미모로만 따지면 분명 소피아나 파비앙보다 조금 못하다.

그러나 파비앙보다 세 살이나 많은 그녀가 더 어려 보일 만큼 도가 지나친 동안을 가지고 있었다. 그게 그녀의 퇴폐적인 분위기와 뒤섞이며 묘한 매력을 발산했다. 숀이 어째서 그렇게 환장을 하며 좋아하는지 알 것 같은 대목이다.

"욜라야. 앞으로 네가 나의 세 번째 부인이 될 것이다. 그리고 맹세하마. 그 이상의 부인은 두지 않겠다고……."

"숀 님……. 그렇게 말씀해 주셔서 정말 감사해요."

"욜라……."

스으윽.

달빛이 두 사람의 머리 위로 흩어져 내리고 있었다.

사방은 고요했으며 숀의 눈동자는 어떤 갈망을 담고 반짝이고 있었다. 거기에 욜라가 취해들고 있을 때 마침내 그의 얼굴이 욜라에게 점점 다가갔다.

그런데 바로 그때…….

파드득~ 부엉~부엉~!

히이이잉~!

번쩍!

하필 부엉이 한 마리가 무엇에 놀랐는지 갑자기 날아올랐고 거기에 덩달아 그들이 타고 있던 말도 기겁을 하며 앞빌을 치켜들었다. 순간, 두 사람은 말에서 떨어질 뻔했지만 이번에도 숀이 그녀의 허리를 받치며 얼른 자세를 바로 했다. 이때 태어나서 처음으로 말에게 살심을 느낀 그였다.

"이, 이 녀석들이 왜 이러는 거야. 험험……."

"풉! 저는 오히려 고마운데요?"

"뭐가?"

"솔직히 조금 전 숀 님의 표정은 정말 무서웠거든요. 무척 엉큼해 보이기도 했고요. 호호호!"

괜히 숀은 머쓱해졌다.

마치 잘못을 저지른 아이가 엄마에게 들킨 것 같은 기분이었다. 그러나 욜라가 이처럼 재치 있게 넘겨주자 그도 갑자기 유쾌해졌다.

"하하하! 천하의 욜라가 무서워하는 것도 있단 말이야? 그건 못 믿겠는데?"

"피이……. 그래도 아까 침 흘리며 바보 같은 표정을 짓던 누구보다는 낫네요. 흥!"

"뭐라고? 너 말 다했어?"

팟!

"아직 많이 남았거든요! 나를 잡으면 마저 이야기 해줄게요. 이 못된 형아!"

슈우우욱~!

소기의 목적은 달성하지 못했지만 그래도 숀은 마냥 행복했다. 자신에게 저렇게 귀엽고 예쁜 아내감이 또 생겼으니 당연했다. 그러나 아직도 그는 바보가 분명했다. 다 잡아 놓은 물고기도 어쩌지 못했으니 최소한 남자들에게는 그런 소리를 들어도 쌌다.

Chapter 08

신비의 의술

1

숀이 율라와 함께 왕성에 다시 나타난 것은 그녀가 복면을 벗었던 그 다음 날 밤이었다. 두 사람은 그동안 깊은 숲으로 들어가서 하루 종일 약초를 캤다.

숀에게는 못 미치지만 율라도 약초에는 제법 일가견이 있었다. 그녀 역시 비상시를 대비해 그쪽 공부를 했던 모양이다. 아무튼 그 덕분에 약초를 캐는데 걸리는 시간을 대폭 줄일 수 있었다.

"형, 갑자기 왕성에는 왜 온 거에요?"

"우리가 힘들게 캔 약초를 써먹어야 하잖아."

"잉? 여기에 아는 분이 있었어요?"

숀은 다 좋은데 뭔가를 꾸밀 때 입을 다무는 나쁜 습관이 있었다. 만일 보통 사람이 그와 함께 다닌다면 답답해서 죽어버렸겠지만 욜라 역시 그런 면에서는 그와 비슷한지라 아직까지 왜 약초를 캐는지조차 묻지 않았었다.

이런 것을 보면 둘은 역시 천생연분인 것 같았다.

"응, 나에게는 무척 소중한 분이야. 만사를 제쳐놓는 한이 있더라도 무조건 고쳐드려야 할 정도지."

"아… 형이 그렇게 말씀하실 정도면 정말 소중한 분이겠군요. 그럼 어서 가요."

척척.

숀의 말에 욜라가 다짜고짜 앞장을 섰다.

"너 거기가 어디인지 알아?"

"아니요. 이렇게 제가 앞장서면 형이 알아서 이끌겠죠 뭐. 헛!"

혼자 움직일 때는 차갑기 그지없을 뿐 아니라 무섭기까지 한 그녀다. 그러나 이처럼 숀과 함께할 때는 오히려 일반 처자들보다 훨씬 더 여성스럽고 귀여운 그녀였다. 한 가지 흠이 있다면 또다시 복면을 쓰고 있다는 것이지만 말이다.

"으이구, 잘났어 정말. 엉뚱한 짓 하지 말고 이리 오기나 해라."

"오라고요? 어디로……."

척!

"헉!"

그녀가 어디로 라는 말을 할 때는 이미 숀의 오른손이 그녀의 허리를 감싼 다음이었다. 그가 아니고서는 흉내도 낼 수 없는 신속함이었다.

"궁 안으로 들어가야 하니 최대한 기척을 감춰라. 알겠지?"

끄덕.

숀이 뭐라고 떠드는지 아예 들리지 않는 욜라였지만 무의식적으로 고개를 끄덕였다. 그리고 곧바로 또다시 미친 듯이 뛰고 있는 심장을 안정시키기 위해 안간힘을 썼다.

'흐으, 역시 이 녀석은 안는 맛이 좀 달라. 가슴에 닿는 감촉도 그렇고 잘록한 허리 아래로 확 퍼지는 것 같은 라인도 그렇고……. 으흐흐, 진짜 미치겠네. 치료는 내일로 미루고 오늘 이 녀석을 그냥 확!'

"혀, 형, 왜 또 침, 침을 흘려요? 더럽잖아요."

"헙! 츄르릅! 어, 어서 가자."

욜라가 워낙 남자에 관해서는 순진해서 그렇지 다른 여자 같았으면 귀싸대기라도 올려붙일 만한 상황이다. 어느

새 그의 손이 욜라의 탱탱한 엉덩이를 사방팔방 더듬고 다녔으니 말이다.

두 사람이 왕의 침소가 있는 건물 안으로 들어서자 욜라가 모기만 한 목소리로 물었다.

"여, 여기는 왕이 있는 곳이잖아요?"

그러자 숀이 혜광심어(慧光心語)를 이용해 다급한 말투로 주의를 주었다.

[쉿! 누군가가 다가오고 있다.]

"……."

그때, 숀과 욜라가 숨어 있는 천장 쪽으로 두 사람이 걸어오며 대화를 나누고 있었다. 그중 한 명은 어제 숀이 보았던 의원이었고, 아직 숀은 모르고 있었지만 나머지 한 명은 욜라가 전에 보았던 크리스티앙의 심복, 텐신이었다.

"거 참 이상하네. 어째서 저 노인네가 자꾸 약을 먹지 않으려는 거지? 혹시 뭔가를 눈치챈 것 아닌가?"

"그럴 리가 없습니다. 이 약은 워낙 소량으로만 쓰고 있기 때문에 먹는 당사자가 설혹 의원이라고 해도 절대 알아차릴 수 없습니다."

"알았다. 하지만 저런 식으로 가면 시간이 더 걸릴 수 있으니 조금 더 신경 써라."

"그렇게 하겠습니다."

그런 말을 주고받으며 두 사람이 시야에서 멀어져 가자 갑자기 숀이 이를 갈았다.

"으득. 쳐 죽일 놈들 같으니라고. 조금만 기다려라. 내 기필코 조만간 네놈들이 저지르고 있는 죗값을 받아낼 테니까……."

스읍.

그러자 욜라가 그의 흥분을 가라앉히려는 듯 손을 잡아왔다.

"내가 조금 예민해진 모양이네. 자, 가자."

"네."

스르르…….

그렇게 두 사람은 다시 귀신처럼 움직여 마침내 왕의 침소에 도착했다. 그것도 천장 안쪽이다.

"역시……. 자, 내려가자."

"네? 그, 그래도 돼요?"

욜라도 숀의 신분을 대충은 알고 있었다. 하지만 설마 그가 벌써 루드리히 2세와 접촉을 했다는 것은 전혀 예상치도 못했다. 그런 상황에서 숀이 너무도 태연하게 왕의 침실로 내려가려고 하자 크게 당황했다.

"괜찮아."

"아……."

그렇게 두 사람이 완전히 내려서자 죽은 듯 누워 있던 루드리히 2세의 입이 열렸다.

"약속은 잘 지키는 구나."

"그새 별일은 없으셨죠?"

"물론이지. 그런데 그 옆에 있는 사람은……."

"아 참, 어서 복면 벗고 인사 드려. 나에게는 할바마마 되는 분이시거든."

숀이 대뜸 이렇게 말을 하자 욜라는 어찌할 바를 몰라 했다. 이런 경우는 상상해 본적도 없었기 때문이다. 그러나 오히려 변수 앞에서는 노련해 지는 그녀인지라 재빨리 상황을 파악하고는 서슴지 않고 복면을 벗었다. 그러고는 얼른 왕궁 예법에 걸맞는 인사를 올렸다.

"무지한 왕국민 욜라가 지엄하신 폐하를 뵙습니다."

"허허. 참으로 고운 아이로고. 그래 네 나이가 올해 몇이더냐?"

"열아홉 살입니다."

얼떨결에 욜라는 나이까지 밝혔다. 숀 못지않게 이 노인네에게서도 워낙 대단한 위엄이 흘러나와 그런 모양이다.

"허어~! 한참 더 어린 소녀인줄 알았더니 다 큰 처녀였구나. 숀아."

"네. 할바마마."

"네가 나를 닮아 그런지 여자 고르는 눈은 탁월한 것 같구나. 결혼할 사람이 맞는 거지?"

"그, 그게 아니라……."

"네! 맞습니다!"

루드리히 2세의 갑작스러운 말에 욜라가 당황해서 부정하려는 순간, 숀이 대뜸 말했다. 왕의 앞에서 한 말이니 번복할 수도 없는 상황이다.

"쇼, 숀 님……."

꽈악!

"조만간 저의 세 번째 부인이 될 사람입니다."

게다가 숀은 떨고 있는 그녀의 어깨를 아예 자신의 팔로 감싸 안으며 쐐기를 박았다.

"벌써 세 번째라니……. 너의 첫 번째와 두 번째 부인도 빨리 보고 싶어지는구나."

"틀림없이 모두 마음에 드실 것입니다. 제가 어려울 때 큰 힘이 되어준 사람들이거든요."

"어련하겠느냐. 허허……."

루드리히 2세는 말을 하는 숀이 대견하다는 듯 환한 미소를 지으며 고개를 끄덕였다. 힘들 때 곁에 있어준 여자라면 보지 않아도 최고의 배우자라는 생각이 든 탓이다.

"참, 이제 어서 치료를 시작해야죠. 침대 위에 똑바로 누우세요. 치료에 전념하게 되면 집중을 해야 하니 그동안 욜라양은 주변을 잘 살펴보아야 할 것이야."

"알겠습니다."

왕이 있는 자리라 그런지 손은 아예 그녀를 예비 아내 대하듯 말을 했다. 그러자 욜라는 허리에 차고 있던 검을 꺼내 들어 손에 쥐고는 문 앞쪽으로 가서 섰다.

그런 그녀의 얼굴에는 어느새 눈물이 흘러내리고 있었다. 워낙 지금 꿈과 같은 일들이 일어나서 감격한 모양이다. 하긴 늘 그늘 속에서만 살아온 그녀가 왕손의 부인이 되게 생겼으니 어찌 그렇지 않겠는가. 그것도 첩이 아닌 정식 부인임에야…….

"우선 이 약초를 먼저 드세요. 그러고 나면 온몸이 뜨거워지면서 땀이 날 것입니다. 하지만 그 어떤 경우에도 소리를 지르시거나 움직이면 안 됩니다. 아시겠죠?"

"알겠다. 죽은 네 할미가 와서 유혹을 해도 꾹 참으마."

"풉!"

왕의 농담에 욜라가 입을 가리며 웃고 말았다.

이처럼 심각한 상황에서 농담이라니……. 과연 두 사람이 조손지간임이 틀림없는 것 같았다.

"우웁……."

"참아야 합니다."

"끄으……."

그러는 사이 마침내 숀의 신비한 의술이 다시 한 번 발휘되기 시작했다.

2

치료는 무려 네 시간 동안 진행되었다. 그사이 루드리히 2세는 결국 총 열다섯 번이나 기절을 했었고, 무려 세 번이나 죽음의 문턱 앞까지 다녀오는 위험을 감수해야만 했다.

"휴우, 다행히 고비는 모두 넘겼군."

"정말 수고하셨어요. 제가 땀을 닦아 드릴게요."

스윽…….

얼마나 힘든 치료였던지 무한한 내력을 지니고 있는 숀의 이마에서 땀이 다 흐를 정도다. 이것은 그의 육체가 힘들어서가 아니라 그만큼 루드리히 2세를 위해 최선을 다했음을 뜻했다.

물론 당사자는 아직 의식을 잃은 채 누워 있는 상태라 그런 사실은 꿈에도 모르고 있었지만 말이다.

어쨌든 그 모습을 보고는 욜라가 수건을 들고 잽싸게 다가와 정성스럽게 닦아 주었다. 복면을 벗은 후부터 시간이 흐를수록 여성스러워지는 그녀다. 숀과 함께 있을 때나 가능한 일이겠지만 말이다.

"고마워. 이제 기다리기만 하면 될 거야."

"오래 걸릴 거 같으면 나갔다가 다시 오는 게 낫지 않을까요?"

아무래도 이곳은 왕궁인 만큼 오래 있을수록 불편할 수 있다. 특히, 이처럼 버젓이 왕의 처소에 있다가 날이 밝으면 두더지처럼 천장 위를 전전긍긍하며 돌아다녀야 할지도 모른다. 욜라 자신은 그게 워낙 익숙해서 괜찮지만 고귀한 신분인 숀이 그래서는 안 된다고 생각했다. 그동안은 잘 몰랐었는데 막상 그가 진짜 왕세손이라는 것을 눈으로 확인하게 되어 더 그런 생각이 든 것 같았다.

그런 그녀의 물음에 숀이 루드리히의 손을 가만히 잡아보더니 대꾸했다.

"그럴 필요 없을 거야. 어차피 조금만 더 있으면 깨어나실 거니까."

"그렇게 빨리요?"

"생각보다 치료가 잘되었고 거기에 약초들이 내가 불어넣어준 마나와 상생 작용을 하면서 빠르게 효과를 내고 있거든. 일단 깨어나시면 몇 가지 조치를 취해 드린 다음 가야 안심이 될 것 아니겠어?"

맥박을 통해 전해지는 피의 흐름과 체온을 느끼면서 상

대의 상태까지 정확히 파악한 것이다.

"역시 숀 님은 괴물이 맞는 거 같아요."

"내가 괴물이라고?"

"신의 손을 가진 괴물이요. 도무지 못하는 게 없으니 하는 말이에요."

욜라도 어릴 때부터 무엇이든 하면 완벽하게 잘했다. 그 때문에 그녀도 비슷한 말을 많이 들어왔지만 숀과는 비교도 할 수 없었다.

"욜라에게 그런 말을 들으니 기분이 좀 묘한데? 내가 알고 있는 사람들 중에 가장 괴물 같은 사람이 바로 너거든. 하하!"

"치이… 지금 꼭 그런 말을 해야겠어요? 아무튼 분위기라고는 눈곱만큼도 없는 사람이라니까. 흥!"

"아무렴 어때. 그래도 너무 예쁘고 사랑스러운 걸."

홍홍거리며 몸을 홱 돌렸다가도 숀의 말에 또다시 얼굴이 발그레해 지는 욜라다. 성장한 이후 내내 복면을 쓰며 살아왔던 그녀는 스스로를 못생겼다고 생각하고 있었다. 그래서인지 숀의 지금 말은 심장이 떨릴 만큼 달콤하게 들렸다.

"형……."

"응?"

"제가… 제가 정말 예쁜가요?"

"당연하지. 오죽했으면 천하의 숀이 마누라 삼을 생각을 다 했겠냐고. 넌 정말 최고 중의 최고야. 그건 장담할 수 있어."

숀이 이렇게 말을 하자 욜라는 부끄러우면서도 너무나 기뻤다. 그런데 바로 그때,

"그건 나도 동감이구나. 그 처자의 미모는 우리 할멈이 젊었을 때를 제외하면 왕국 최고인 것 같아. 허허허."

"어머. 감, 감사합니다. 폐하."

죽은 듯 누워 있던 루드리히 2세가 어느새 깨어나 두 사람의 대화에 끼어들었다.

"할바마마! 괜찮으세요?"

"괜찮은 정도가 아니라 마치 다시 태어난 것 같은 기분이구나. 대체 어떻게 한 것이냐?"

"하하, 어떻게 하긴요. 앞으로 백 년은 더 사실 수 있도록 해드렸죠."

"어디 일어나 보자……. 흐음, 그 말이 거짓말 같지가 않구나. 진짜 어떻게 이렇게 몸이 가뿐해지고 머리가 맑아졌는지 이해가 되지 않을 정도야. 이런 기분은 서른이 넘은 이후로는 처음 느껴 보는 것 같네."

누가 봐도 루드리히 2세는 족히 이십 년은 젊어진 것 같

았다. 얼굴은 혈색이 돌아 붉어졌으며 피부도 훨씬 더 탱탱해 졌다. 게다가 굽어 있던 허리마저 펴졌는지 벌떡 일어선 그는 키가 더 커진 것처럼 보였다.

"마음에 드세요?"

"마음에 드느냐고? 허허허. 나는 지금 우리 손자를 으스러지게 끌어안아 주고 싶은 마음뿐이다. 어때? 한번 안아 볼까? 영차!"

"아이고, 좀 참으세요. 그녀가 흉봐요."

"얼마든지 보라지. 내가 내 손자를 안겠다는데 누가 뭐라고 하겠느냐!"

"호호호! 맞아요. 너무 보기 좋아요. 좀 더 마구 안아주세요."

"들었지?"

몇 시간 전만 해도 혼자 걷기도 힘들었던 노인네가 이제 숀을 번쩍 안아 올리고 있었다. 정녕 믿을 수 없는 광경이다.

"너무 무리하시면 곤란해요. 이제 내려주세요. 아직 해야 할 일이 남았거든요."

숀의 말에 루드리히 2세가 약간은 근심어린 말투로 되물었다.

"해야 할 일? 혹시 치료가 더 필요한 게냐?"

행여 자신의 지금 몸 상태가 일시적인 것인지 걱정스러웠던 모양이다.

"치료가 아니라 그 반대의 상황을 만들어야 할 것 같아서요. 생각해 보세요 제가 이대로 돌아가고 악적들이 전보다 훨씬 건강해진 할바마마를 보게 되면 어떻겠어요? 아마 모르긴 몰라도 더 위험한 음모를 꾸밀 걸요?"

"끄응, 그러고 보니 그렇겠구나. 어쩌면 밤마다 자객을 보낼지도 모르겠네."

"자객 정도면 간단하지만 지금까지 해온 것을 보면 그렇게 단순한 짓은 하지는 않을 거예요. 좀 더 치밀하고 악독한 수법이 동원되겠죠."

숀이 한가해서 늘 옆에 지키고 서 있을 수 있다면 모를까 지금은 당장 루드리히 2세의 안전이 걱정이었다.

어차피 만일의 사태를 대비해 욜라를 이곳에 배치해 놓을 생각이기는 하다. 그러나 자객은 그녀가 간단하게 요리할 수 있어도 정치적인 음모나 그 밖의 기타 복잡한 상황까지 모두 대처하기에는 무리가 있었다. 그렇기때문에 숀은 한 가지 묘수를 쓸 생각이었다.

"그럼 너는 나를 다시 전처럼 아프게 하려는 게냐?"

"에이~ 참, 그럴 리가 있겠어요? 얼마나 힘들게 치료를 해 드렸는데 그런 바보 같은 짓을 해요. 놈들을 감쪽같이 속일 수 있도록 해 드릴 테니 아무런 걱정도 하지 마세요. 그리고 마음의 준비가 되면 시작할 테니 말씀해 주시고요."

"네가 그렇게까지 말을 하는데 기다릴게 뭐 있겠느냐? 지금 바로 해도 괜찮다. 이제 곧 동이 틀 테니 서두르는 게 좋겠구나."

"제 생각도 그래요. 그럼 잠시 눈을 감으세요."

"오냐."

기껏 제 정신을 차렸건만 숀은 대체 그에게 또 무엇을 하려는 것일까? 지켜보고 있는 욜라는 두 사람에게서 눈을 떼지 못한 채 그저 마른침만 삼키고 있었다.

그러다가 그녀의 눈이 점점 더 커지기 시작했다.

"저, 저럴 수가……. 말도 안 돼."

숀이 루드리히 2세의 얼굴을 매만지자 마치 방금 전 무덤에서 일어선 시체와 같은 모습으로 변해갔던 것이다. 그 뿐만 아니라 그렇게 튼튼해 보이던 몸도 조금씩 말라 갔으며 등도 다시 굽어갔다. 이런 일련의 현상이 한순간에 일어나고 있으니 얼마나 놀라웠겠는가.

"기분이 어떠세요?"

"응? 조금 전과 별로 달라진 것 같지 않은데? 여전히 좋거든."

"하하! 이제 됐어요. 놈들이 오면 약간의 연기만 하면 돼요. 자, 눈을 뜨고 거울을 한번 보세요."

숀이 말과 함께 거울을 건네자 그것을 들여다보던 루드리히 2세도 경악했다.

"헉! 그것참, 신기하네. 방금 전과 느낌은 똑같은데 어떻게 이리 달라 보일 수가 있는 거지?"

"이미 할바마마의 몸 안에 있는 독은 모두 제거된 상태예요. 하지만 놈들이 와서 진맥을 짚게 되면 중독 상태가 더욱 심해진 것으로 느끼게 될 것입니다. 제가 약간의 잔재주를 부려 놓았거든요. 이 정도면 기본적인 준비는 된 것 같으니 지금부터는 이야기를 해주세요. 누가 할바마마 편이고 누가 적인지를 말입니다."

"허허, 그렇게 하지."

숀의 능력에 제대로 감복한 루드리히 2세의 입에서 그동안 아무도 모르고 있었던 비사가 흘러나오기 시작했다.

그리고 그것을 듣던 숀의 표정도 수시로 바뀌었다.

아주 미미한 변화였지만 욜라는 그것을 확실히 느낄 수 있었다.

Chapter 09
안식처

1

오늘은 먼 거리를 떠나야 했기 때문에 그는 아침 일찍부터 서둘렀다. 지나간 세월의 흔적인지 이제 그의 머리에도 흰머리가 제법 늘어나 있었다.

"주인님, 준비가 다 되었습니다."

"수고했다. 그럼 이제 출발하지."

"알겠습니다."

하인으로 보이는 자가 말을 하자 그는 바로 마차에 올라탔고 곧 달리기 시작했다. 한 가지 이상한 점은 마차 안에는 겨우 한 사람만 탔을 뿐인데 마차는 대여섯 명 이상이 타도 충분할 정도로 크다는 점이다. 물론 사륜마차인 만큼 실내가 크다고 문제 될 일은 없겠지만 말이다.

"끼랏!"

히이잉~!

하인 혼자 마부석에 앉아서 말을 모는 것을 보니 그가 직접 마부 노릇도 하는 모양이다.

다그닥 다그닥.

"이번에는 꼭 모셔 와야 할 텐데……. 나에 대한 오해가 있으신 거 같아. 하긴 그때 내가 다녀간 이후 놈들이 덮쳤으니 그럴 만도 하겠지. 휴우, 그렇다고 진실을 밝힐 수도 없고… 이거야말로 진퇴양난이로구나. 휴우……."

그는 알 수 없는 독백을 흘리며 한숨을 크게 내쉬었다.

홀로 이렇게 고민하고 있는 자는 바로 오래전부터 숀의 집에 나타나곤 했던 듀렌이었다. 그가 숀의 앞에 처음 나타났을 때만 해도 삼십 대 중반의 중년이었다. 그런데 지금은 어느새 오십 대 중반을 훌쩍 넘은 나이다. 실로 세월의 무상함이 느껴지는 순간이라 하겠다.

"그때 내가 조금만 더 빨리 서둘렀었더라면 이런 오해도 생기지 않았을 것이고 무엇보다 그 두 분 사이에서 태어나신 왕세손 저하께서도 돌아가시지 않았을 텐데……. 크흐윽, 정말 생각할수록 분하고 원통하구나."

독백의 내용을 살펴보니 듀렌은 배신자가 아닌 것 같았다. 그는 오히려 이십여 년 동안 변함없이 루카스와 그의 아내 샤롯데를 걱정해 온 진정한 충신인 것 같았다. 아무도 알아주지 않는 고난의 세월을 살아온 것도 힘들었는데 자신이 그렇게 충성을 바쳤던 루카스에게 마저 신뢰를 잃었으니 얼마나 억울하고 힘들었을까?

"대체 언제쯤 우리 왕국이 안정될 수 있을꼬. 두 왕자님의 욕심이 아직도 하늘을 찌르고 있으니 원……."

듀렌은 지금 아무런 관직도 없었다. 왕자 루카스가 내쳐지던 날 그의 인생도 낭떠러지로 굴러떨어진 셈이다. 그 당시 정상적으로 승승장구했다면 지금쯤 그도 왕궁 안에서 한자리를 차지하고 있었을지도 모른다. 그런 생각이 들자 듀렌의 심정은 더욱 착잡해졌다.

'내가 그동안 정말 큰 오해를 하고 있었구나. 저런 충신을 죽일 생각까지 하고 있었으니 말이야. 그것참……'

그런데 그의 이런 모습을 내내 지켜보고 있는 눈동자가 있었다.

바로 숀이었다.

그는 루드리히 2세를 욜라에게 맡겨 놓고 자신만 왕성에서 빠져나와 곧장 듀렌을 찾아왔던 것이다. 그가 있는 곳을 루드리히 2세가 대충 알고 있었기 때문에 가능한 일이었다.

어느 지역인지만 알아도 숀의 능력이면 순식간에 찾아낼 수 있지 않겠는가.

'앞으로는 저 인물을 귀하게 써야겠구나. 아버지의 측근 중에 가장 큰 희생을 치른 인물이니 그만한 대가를 얻을 수 있게끔 제대로 된 명분을 만들어줘야겠다.'

그동안의 행적만으로도 큰상을 받을 만했지만 숀의 측근들의 입장에서는 그것만으로 상을 내린다면 조금이라도 불만 요소가 생길 수 있다.

숀은 그런 것마저 고려해서 듀렌에게 더 큰 것을 주고 싶었다. 어쩌면 자신과 루카스 부부가 모두 그를 오해하고 있었던 것이 미안해서 더 그런 것일 수도 있었다.

'보아하니 지금 또 부모님께 가려는 것 같구나. 그렇다면 내가 먼저 선수를 쳐야겠군. 이참에 두 분께 인사를 드리는 것도 괜찮겠지.'

슈우욱~!

마차가 아무리 빨리 달린다 해도 숀의 무지막지한 속도를 따라잡을 수는 없었다. 지금 듀렌이 출발한 곳에서 숀의 부모가 있는 곳까지의 거리는 족히 이백 킬로미터 이상은 되었다. 마차로 거의 쉬지 않고 달린다 해도 최소 이삼일은 걸릴 거리다. 그러나 숀은 겨우 두 시간이면 충분했다. 그것도 느긋하게 달려서 말이다.

"어머, 여보! 이 아이가 방금 뭘 잡아 왔나 보세요."

덜컹!

"뭔데?"

숀이 부모님의 집 근처에 다다랐을 때 그리운 어머니 샤롯데의 목소리가 들려왔다. 그녀는 무엇을 발견했는지 평소보다 훨씬 흥분한 목소리다. 그러자 곧 방 안에 있던 루카스가 나오는 소리가 들려왔다.

"여기 봐요. 우리 귀염둥이가 글쎄 멧돼지를 잡아 왔다고요."

"허허! 정말이네. 이거 오늘 저녁은 제대로 포식할 수 있겠는걸!"

갸릉갸릉…….

이런 소리를 듣고 나서야 숀은 지금의 상황을 파악할 수 있었다. 아직 삼십 킬로미터나 떨어져 있었는데도 말이다. 그런데 그의 놀라운 감각만큼 꼴라 역시 예민했다.

꺄악~ 갸릉갸르르릉~!

팟!

"어머, 귀염둥이야, 또 어디가?"

녀석은 숀이 다가오고 있는 것을 감지했는지 갑자기 괴이한 소리를 내지르며 순식간에 허공을 날아갔다.

그 모습에 놀란 샤롯데가 아무리 불러도 소용없었다.

"하하! 역시 나의 움직임을 알아차릴 수 있는 존재는 대륙을 통틀어도 너 하나밖에 없을 것이다. 어서 와라, 이 녀석!"

슈욱~ 덥석!

숀의 말이 끝나기가 무섭게 숲 한쪽에서 무엇인가가 무서운 속도로 날아들더니 곧장 그에게 안겼다.

무려 몇 달 만에 만난 꼴라다. 녀석은 어찌나 기뻤는지 숀의 품속에서 거의 발광하고 있었다.

갸릉갸릉~ 갸르릉!

"그래, 나도 네가 정말 보고 싶었다. 물론 부모님은 잘 지키고 있었겠지? 그분들과 함께 있는 것을 보니 누군가가 오긴 왔었구나?"

갸르륵! 갸릉 갸르릉~ 갸르르릉~갸륵!

숀의 질문에 꼴라가 그 예쁘고 커다란 눈을 깜빡이며 뭔가를 열심히 설명하듯 갸릉거렸다. 그동안 이곳에서 일어났던 일을 보고하는 모양이다.

"저런, 그랬구나. 아무튼 잘했다. 역시 우리 꼴라가 최고야!"

꺄아아룽~!

부비부비~!

어찌 보면 참으로 힘든 일을 해낸 것이지만 숀의 이 짧은 칭찬 한마디에 녀석은 좋아해도 너무 좋아하고 있었다.

실로 값싸게 부릴 수 있는 최고의 특급 호위병이 아닐 수 없다.

"자, 일단 어서 부모님께 가보자. 네가 오지 않아서 걱정하실라."

끄덕끄덕끄덕.

꼴라도 이제 샤롯데와 루카스를 몹시 좋아했다.

특히, 샤롯데는 파비앙 이상으로 잘 따르고 있었다. 어쩌면 그녀의 푸근함과 친절함이 녀석에게도 통한 것인지 모른다.

"자, 네가 먼저 가봐라. 그래야 내가 깜짝 등장을 하지."

끄덕끄덕.

갸르르릉~!

탁! 슈슈슉~!

꼴라는 나타날 때보다 빠른 몸놀림으로 루카스의 집 쪽으로 돌아갔고 여전히 집 주변에서 꼴라를 찾던 샤롯데의 품속으로 냉큼 들어갔다. 그러자 샤롯데가 그런 녀석을 얼굴에 마구 부비면서 말했다.

"어머, 귀염둥이야. 대체 어딜 갔다 오는 거야? 이 엄마가 깜짝 놀랐잖아."

그녀는 꼴라를 아예 아들 대하듯하고 있었다. 숀이 자신 대신 두고 간 녀석이라 더 애착이 가는 모양이다.

그러나…….

"어머니!"

"어머나! 깜짝이야! 이게 누구니? 아, 아들!"

툭~! 탁탁탁탁!

숀이 나타나자마자 샤롯데는 꼴라를 놓아버렸다. 그러고는 녀석이 불만에 가득 차 구시렁거리거나 말거나 곧장 숀을 향해 달려갔다.

와락!

"별일 없으셨죠?"

"물론이지! 그나저나 아무 소식도 없이 갑자기 웬일이니? 너 혼자 온 거야? 아니, 우선 어서 안으로 들어가자. 지금 아버지께서 요리해 주신다고 멧돼지랑 실랑이를 벌이고 계시거든."

"하하! 그래요. 아참, 그리고 지금은 저 혼자 온 것은 맞지만 아마 내일이나 모레쯤에는 다른 손님이 한 사람 올 거예요."

"아, 그렇구나."

앞장서서 걸어가고 있는 샤롯데의 뒤를 따라가며 숀이 말했다. 듀렌이 올 시간을 대충 예상해서 한 말이었다.

그러나 샤롯데는 그런 것에 별로 관심이 없는 듯했다. 대충 건성으로 대꾸하는 것을 보면 말이다. 하긴 자신이 세상에서 가장 사랑하는 아들이 왔는데 누가 또 오든 그게 무슨 상관이 있겠는가.

그렇게 두 사람이 집 안으로 들어가자 마당에서 멧돼지의 배를 가르느라 낑낑거리던 루카스가 환하게 웃으며 그를 반겨 주었다. 역시 뭐니 뭐니 해도 부모님께서 계신 집이 최고였다.

숀은 그런 생각을 하며 재빨리 아버지가 들고 있던 칼을 빼앗아 들고는 자신이 멧돼지의 살과 뼈를 분리하기 시작했다.

2

"자네는 이 마을에서 기다리게. 자, 이 정도 돈이면 편히 있을 수 있을 거야."

"감사합니다, 주인님."

꾸벅.

루카스의 집은 마을에서도 걸어서 족히 한 시간 이상은 산속으로 더 들어가야 한다. 그쪽으로도 마차가 갈 수 있는 길은 있었지만 듀렌은 일부러 도보를 택했다.

그들이 오해하고 있는 이상 될 수 있으면 조용히 혼자 가는 것이 낫다고 생각한 탓이다.

"휴우, 가기는 간다만 오늘은 또 어떻게 두 분을 설득해야 할까? 일단 오해하고 있는 이상 내가 뭐라고 한들 믿지 않을 텐데……. 다들 내가 모셔 오는 것이 가장 낫다고 생각하고 있으니 이를 어찌해야 하나."

마차 안에서부터 지금까지 듀렌의 머릿속에는 내내 이 생각뿐이었다. 그래서인지 산길을 올라가는 그의 발걸음은 무겁기만 했다.

"그래, 스프가 되든 빵이 되든 일단 부딪쳐 보자. 계속 진심을 다해 말씀드리다 보면 언젠가 나의 마음도 알아주실 때가 오겠지."

결국 듀렌은 이렇게 결론을 내리고는 처음보다 더 빠른 걸음으로 이동하기 시작했다. 이렇게 계속 고민만 하고 있어 봤자 도움 될 것이 전혀 없다는 것을 깨달은 탓이다.

그가 그렇게 산을 오르는 사이, 숀과 그의 부모는 이틀에 걸쳐 감격스러운 재회의 기쁨을 만끽한 후 지금은 차분하게 대화를 나누고 있었다.

"그럼 지금 오고 있는 사람이 듀렌이라는 말이냐?"

루카스의 물음에 숀이 대꾸했다.

"네, 미리 말씀드리는 것보다는 올 때쯤 이야기를 하는 것이 나을 것 같아서요."

하기야 미리 이야기를 했다면 단지 이틀뿐이라도 모처럼 가족끼리 오손도손 즐거운 시간을 갖기가 힘들었을 터였다. 그건 숀이 바라던 바가 아니었다.

그가 아무리 강하고 전생의 기억을 고스란히 가지고 있다고는 하나 그도 결국은 인간 아니겠는가. 가끔은 이렇게 부모님들과 함께 정신적인 휴식을 취하고 싶었는지도 모른다.

루카스도 그 점을 느꼈는지 그런 문제로는 따지거나 하지는 않았다.

"너와는 어떤 관계냐?"

"네? 뭐가요?"

"듀렌에 대한 너의 생각을 말해보거라. 전에도 내가 이야기했지만 그에게는 석연치 않은 구석이 많이 있다. 그래서 원래는 그를 철석같이 믿고 있었지만 어릴 때 네가 죽을 뻔한 이후부터는 어느 정도 거리를 두고 있는 실정이지. 하지만 네가 그의 거동을 알고 있는 것을 보면 모종의 관계가 있는 것 같은데……. 나는 지금 그게 궁금하구나."

눈에 넣어도 안 아픈 자식이 숀이다. 그런 아들이 아직 정체를 또렷이 알 수 없는 사람과 연관되어 있는 것만으로도 루카스는 걱정이 되었다.

"사실 진작 말씀드리려고 하다가 오랜만에 두 분을 만나서 즐거운 시간을 갖느라 미루고 있었어요. 하지만 이제는 말씀 드려야겠네요."

"그래, 뭐든 이야기 해보렴."

이번에는 샤롯데가 한마디 했다. 그녀도 내내 걱정을 했는지 보통 같으면 루카스가 대화를 주도할 때는 절대 끼어들지 않았지만 자신도 모르게 끼어든 것 같았다.

"사실 저… 며칠 전에 할아버지를 만났어요."

"뭐라고! 그, 그게 정말이냐?"

"어머나!"

숀의 말에 아버지 루카스는 물론 샤롯데까지 큰 충격을 받은 것 같았다. 동시에 외치는 것을 보니 말이다.

"네."

"대체 어떻게? 그분이 어디 계시는지는 정확히 알고 있는 거냐?"

왕의 처소를 모르는 사람이 어디 있겠는가. 루카스는 믿을 수 없다는 듯 바보 같은 질문을 던졌다. 하지만 숀은 그런 물음에도 진지하게 대답했다.

"물론이죠. 왕궁 안에 있는 그분의 처소까지 찾아갔었는걸요."

"허어, 정녕 너는 성장할수록 이 아비를 더 놀라게 하는

구나. 아무튼 좋다. 그래, 할아버지께서는 건강이 어떤 것 같으시더냐? 많이 아프다고 소문이 나 있던데…….”

“기가 막히게도 누군가가 그분에게 독을 먹이고 있더군요. 그것도 상당히 오랜 기간 동안요. 그대로 시간이 더 흘렀으면 결국 돌아가실 정도였습니다.”

“뭐라고! 세상에 어떤 놈이 그런 간악한 짓을! 그래서 많이 위독하신 것이냐?”

루카스는 무엇보다 아버지의 안위가 걱정되었다. 누가 범인인지는 그다음 문제였다.

“다행히 제가 병을 다스릴 수 있었습니다. 그래서 지금은 아주 건강하시니 걱정 마세요.”

“오오! 역시 우리 아들이구나. 네가 나와 우리 왕국민들을 살린 셈이다! 장하다. 숀아!”

자신은 이름 모를 초야에 묻혀 있고 형들은 매우 악독하다. 그런 상황에서 루드리히 2세가 죽으면 결국 그들 중 한 명이 왕위에 오를 것이고 그것은 곧 모든 왕국민의 고통으로 고스란히 돌아갈 터였다.

루카스는 그 점을 매우 염려하고 있었다. 그런 상황에서 숀이 왕의 병을 고쳤다고 하니 얼마나 기쁘고 놀라웠겠는가.

“하지만 아직 그분 주위에는 여전히 위험이 도사리고 있습니다. 비록 제가 믿을 만한 수하 한 명을 곁에 두고 오기는 했습니다만 최대한 빨리 그런 짓을 저지른 자들을 색출해 응징을 해야 할 것입니다."

"그야 당연하지! 도대체 어떤 놈인지 잡히기만 하면 내 그냥… 헉! 가, 가만 경비가 삼엄한 왕궁 안에서 오랜 시간을 두고 그런 음모를 꾸미고 실행했다면 설마……."

잔뜩 흥분해서 말을 하던 루카스의 얼굴이 순식간에 창백해졌다. 아무리 악독한 형들이라도 감히 아버지까지 살해할 리는 없다고 생각하면서도 왠지 불안했던 모양이다.

"맞습니다. 확실한 것은 조금 더 자세히 조사해 보아야 알 수 있겠지만 왕자들이 어느 정도 개입한 것은 분명합니다. 알고 있으면서도 뒷짐만 지고 있는 것 같으니까요. 그나마 아직 한 가닥 희망이 남아 있다면……."

"남아 있다면?"

숀의 이 한마디에 루카스는 조마조마한 마음으로 얼른 되물었다. 어쨌든 친형들 아닌가. 형들이 밉기는 해도 동생인 자신이나 숀이 그들을 죽이는 일만큼은 피하고 싶어서 그런 것인지도 모른다. 그들이 자신에게 했던 흉악한 일은 둘째 치고라도 말이다.

"애초부터 그들이 이런 천인공노할 짓을 계획한 것이 아니라 그들의 배후 조직이 그랬을 확률이 그나마 높다는 점입니다. 그렇다고 해서 그냥 용서해 줄 문제는 아니지만요."

"네 말대로 나 역시 형들을 그냥 용서할 생각은 없다. 만약 아바마마를 시해하려고 했다면 그에 상응하는 대가를 치르게 해야겠지."

"여보……."

스윽.

루카스가 한숨을 내쉬며 말을 하자 샤롯데가 그의 손을 가만히 잡아주었다. 그의 심정이 어떠한지 너무나 잘 알고 있기 때문이다.

"너무 그렇게 심려하지 마세요. 제가 있잖아요. 아, 그러고 보니 반가운 소식도 있습니다."

"반가운 소식은 또 뭐냐?"

분위기가 침통해지자 숀이 은근슬쩍 화제를 돌렸다. 어차피 해야 할 이야기이기도 하고 말이다.

"그동안 할바마마께서는 아버지를 잊고 지내셨던 것이 아니었습니다. 아버지를 다시 복귀시키기 위해 그 와중에도 여러 가지로 노력을 해오셨더군요."

"그건 또 무슨 말이냐?"

"지금까지 적으로 알고 있었던 말도스 공작이나 몇몇 귀족이 모두 은밀히 그 일에 동참하고 있었습니다. 그들 중

몇 사람은 왕자들의 편인 척하고 있었으며 나머지는 철저하게 중립을 지키고 있지요. 그리고 무엇보다 지금 이곳으로 오고 계신 듀렌 경이 정말 큰 충신이라는 것이 확인되었다는 게 중요합니다."

"듀, 듀렌 경이 말이냐?"

그에 대한 이야기가 전혀 엉뚱한 방향에서 다시 시작되자 루카스의 음성이 살짝 떨렸다.

"아까 그 점을 말씀드리려다가 할바마마의 이야기가 먼저 나오는 바람에 조금 늦어지긴 했습니다만 듀렌 경이야말로 이 시대에 보기 드문 충신인 것은 확실합니다."

탁!

"그러면 그렇지! 그 사람이 나를 배신할 리가 없었거든. 나도 그 점을 분명히 알고 있었거늘 그럼에도 의심을 해온 것도 사실이니 그게 너무 미안하구나."

이미 숀의 말이라면 모두 믿고 있는 루카스인지라 이번 이야기에는 자신의 무릎까지 치며 좋아했다. 마치 십 년 묵은 체증이 쑥 내려가는 기분이 든 모양이다.

"할바마마께서 그러시더군요. 듀렌이 없었다면 아버지께서 돌아가신 줄 알고 두 왕자와 전쟁을 했을지도 모른다고요. 그렇게 되면 우리 왕국이 사분오열이 되었을 겁니다. 부모 자식 간에 싸우는 비극을 초래하는 것은 물론이었겠지요."

"그, 그럴 수가……."

숀의 입에서 놀라운 이야기가 흘러나올 때마다 루카스와 샤롯데는 감탄사를 터뜨렸다. 그리고 그렇게 그들이 대화에 열중하고 있는 동안 듀렌은 자신의 귀를 후벼가며 열심히 산을 오르고 있었다.

Chapter 10
충신들

1

듀렌이 루카스의 집을 방문할 때 타고 갔던 마차에 한 사람이 더 동승했다. 늘씬한 몸매에 누구에게라도 금방 호감을 줄 수 있을 것 같은 상쾌한 미소를 가진 사내. 바로 숀이었다. 두 사람은 루카스의 집에서 정식으로 인사를 하고 어느 정도 대화를 나눈 상태라 이처럼 동행할 수 있었던 것이다.

"생각할수록 이거야말로 신의 축복이라는 생각이 듭니다. 왕손께서 살아 계시다니요. 그동안 저의 부주의 때문에 돌아가신 게 아닌지 늘 죄책감에 시달렸었습니다. 그런데 이렇게 살아 계실 뿐 아니라 건강해 보이시니 이제 신은 더 이상 바랄 것이 없을 것 같습니다."

듀렌의 겸손한 말에 숀은 미소를 지으며 대꾸했다.

"그게 무슨 소리입니까? 앞으로 좋은 세상을 함께 만들어가야죠. 제가 그동안 고생하신 거 전부 보상해 드릴 테니 앞으로는 그런 말씀 마세요."

듀렌을 알면 알수록 순수한 것 같아 그는 기분이 좋아지고 있었다.

"다 늙은 제가 뭘 할 수 있겠습니까? 이제 뒷전으로 물러나야죠. 대신 저에게 아들이 둘이나 있으니 그 녀석들에게 왕손 각하를 보필하게끔 할 생각입니다."

"아들이요?"

"네, 큰아들은 올해로 스물두 살이고 작은아들은 스무 살이거든요. 두 녀석 다 소드 익스퍼트 초급 실력 이상은 됩니다. 특히, 큰 녀석은 올해가 가기 전에 운이 따르면 중급 실력으로 뛰어오를 수도 있을 것 같습니다. 그러니 각하께 조금이나마 보탬이 될 수 있을 것입니다."

숀이 이렇게 되묻자 듀렌이 자랑스럽다는 듯 대답했다. 자신이 고생만 시킨 아들들인데 훌륭하게 성장한 것에 대해 큰 자부심을 느끼고 있는 것 같았다.

"듀렌 경은 참으로 충직한 사람이군요. 그렇게 힘든 삶을 살아오셨으면서 아들들까지 같은 길을 걷게 하시려고 하다니……. 진정 놀랍습니다."

"주군을 모시는 사람으로서 그건 당연한 일입니다. 그리고 저는 이미 오래전 루카스 왕자님께 큰 은혜를 입었던 사람입니다. 그건 평생 갚아도 부족할 정도이지요. 그리고 그런 삶은 결코 힘든 것이 아닙니다. 오히려 저는 왕손 저하를 모시게 되어서 너무나 영광스러울 따름입니다. 그건 제 아들들도 마찬가지 일 것입니다."

두 사람이 이런 대화를 나누고 있는 사이 어느새 마차가 멈추어 섰고 마부가 안쪽을 향해 보고했다.

"주인님! 카덴시에 도착했습니다."

"그럼 어서 스카이 여관으로 가자."

"알겠습니다!"

마부의 말을 들은 숀이 깜짝 놀라며 물었다.

"가만… 여기가 카덴시라고요?"

"그렇습니다. 이곳에서 아들 녀석들을 만나기로 했거든요. 그런데 각하께서는 왜 그렇게 놀라십니까?"

"아, 나도 한때 이곳에서 장사를 한 적이 있거든요. 이곳에서 특별한 인연을 만나기도 했고요. 내게는 잊을 수 없는 도시이지요."

카덴시는 약초 골목으로 유명한 마을이다.

숀은 바로 이곳에서 운명의 여인 파비앙을 만났다. 그로 인해 렌탈 남작도 알게 되었고 말이다. 뿐만 아니라 어린 시절 이곳에서 꽤 오랫동안 장사를 했기 때문에 은연중 고향 같은 느낌도 있었다.

"다 왔습니다. 내리시지요."

"수고했네. 저하, 올라가시지요."

마차는 금방 스카이 여관에 도착했고 숀은 듀렌의 뒤를 따라 안으로 들어갔다. 미리 아들들을 이곳에 머물게 해놓았던 모양이다.

똑똑.

"누구세요?"

"나다."

딸깍.

"어서오세요, 아버지!"

"고생 많으셨어요!"

듀렌을 보자마자 잘생기고 건장해 보이는 청년 둘이 그를 격하게 반겨주었다. 바로 듀렌의 아들들인 모양이다.

워낙에 닮아서인지 아들이라고 말하지 않아도 한눈에 알아볼 수 있을 것 같았다. 강인하면서도 충직해 보이는 인상은 물론 큰 키와 떡 벌어진 어깨까지 아주 판박이였다.

"그런데 이 사람은 누구죠?"

"어허! 이 사람이라니! 어서 정중하게 인사드려라. 왕손 저하시다."

"헉! 왕, 왕손 저하라면 혹시……."

"그래, 맞다. 어릴 때 돌아가셨다고 생각했던 그분이시다."

척척!

"신 아돌프, 각하께 인사드립니다!"

"신 안톤도 인사 올립니다!"

듀렌의 대답이 떨어지자마자 두 청년은 절도 있는 태도로 무릎을 굽히며 숀에게 인사를 올렸다.

평소에 얼마나 철저하게 교육을 받았는지 짐작이 가는 대목이다.

"반갑습니다. 두 분을 만나게 되니 왠지 힘이 더 나는 것 같군요."

"앞으로 너희가 저하의 그림자가 되어서 보호해라. 알겠느냐?"

숀이 말을 하자 듀렌이 가만히 듣고 있다가 끼어들더니 아들들을 향해 말했다. 자신에 이어 이 대째 루카스에게 충성을 바치려는 모양이다.

"네! 맡겨만 주십시오! 이 한목숨 바쳐서라도 반드시 지켜드리겠습니다!"

"저 역시 저하의 그림자로 죽겠습니다!"

과연 부전자전이었다.

듀렌의 아들들은 그가 자부심을 가져도 좋을 만큼 올바르면서도 강인하게 성장했다. 숀은 이들의 이런 모습이 결코 가식이 아님을 알 수 있었기에 그들의 충성서약이 기꺼웠다.

하지만 그는 짐짓 크게 화가 난 것처럼 대꾸했다.

"어허! 내 앞에서 절대 그런 말은 하지 마십시오. 그거야말로 불충이니까!"

무엇 때문에 숀이 화가 난 것인지 알 수 없어 두 아들은 물론 듀렌까지도 크게 당황했다.

"네? 그, 그게 무슨 말씀이신지……."

"죽는 것은 절대 안 됩니다. 정말 나를 위한다면 무조건 사십시오. 그게 가장 큰 충성이니까요. 알겠습니까?"

"네? 네……."

"어허, 목소리가 이게 뭡니까? 알겠습니까?"

"네!"

순식간에 숀은 두 아들의 군기를 다잡았다. 어찌 보면 무척 억지스러운 것 같았지만 그들은 속으로 크게 감복했다. 수하들에게 무조건 살아야 한다고 강조하는 군주는 거의 없었기 때문이다.

"자, 그럼 우리 청승맞게 이 안에서만 떠들 것이 아니라 나갑시다. 내가 오늘 두 분을 만난 기념으로 크게 한잔 사리다. 괜찮겠지요? 듀렌 경."

"물, 물론입니다."

숀의 나이는 사신의 아들들과 비슷했다. 하지만 그가 선천적으로 가지고 있는 카리스마와 리더십은 엄청난 것 같았다. 그랬기에 듀렌과 아들들은 무엇인가에 홀린 듯 숀의 뒤를 따라갔다.

"내가 이 지역은 아주 잘 압니다. 사람들과 그리 친하게 지내지 않아서 그들은 나를 모르겠지만 말이죠. 아무튼 앞으로 힘을 많이 써야 할 테니 기왕이면 푸짐하게 먹어 봅시다."

"무조건 저하의 뜻에 따르겠습니다."

"어허~ 밖에 나와서도 그렇게 부르시면 어떻게 합니까? 그냥 도련님이라고 부르세요. 그게 더 자연스럽습니다."

"아, 죄송합니다. 도련님."

듀렌과 이런 대화를 나누면서도 숀은 어딘가를 찾고 있었다. 말은 이곳 사람들과 잘 모른다고 했지만 사실 그는 지금 믿는 구석이 있었다.

"아, 저기로군. 일단 저쪽으로 갑시다. 저기에 우리들을 안내해 줄 사람이 있을 테니까요."

"안내해 줄 사람이요? 조금 전에는 아는 사람이 거의 없다고 하시지 않았습니까?"

"저는 그 사람을 잘 몰라도 그쪽에서는 저를 알거든요. 하하하!"

숀이 이렇게 아리송한 말을 하자 듀렌과 아들들은 고개를 갸웃거렸지만 결국에는 그 뒤를 따라갔다.

숀이 복잡하고 번화한 곳을 가로질러 도착한 곳은 인근에서 가장 커 보이는 상점이었다. 물론 여기도 약초를 취급하고 있었는데 그 규모가 다른 곳과는 차원이 다를 정도로 엄청났다. 숀은 그곳으로 당당하게 들어가더니 다짜고짜 물었다.

"여기가 소피아 상단 카덴 지점인가?"

"누구… 십니까?"

스윽… 탁!

종업원의 질문에 숀이 품속에서 옥으로 만든 패를 꺼내 테이블 위에 올려놓고 말했다.

"나는 그대들의 주군일세."

"헉! 주, 주군! 잠, 잠시만요. 점, 점, 점주님~!!"

후다닥~!

그런 그의 말을 들은 종업원의 얼굴이 하얗게 질렸다. 그러고는 마치 선불 맞은 날짐승 마냥 소리를 고래고래 지르며 안쪽으로 뛰어들어 갔다.

"허어… 정녕 각, 아니, 도련님께서 소피아 상단의 주인이십니까?"

"어쩌다 보니 그렇게 되었습니다. 오늘 여러분과 거나하게 먹으려 하다 보니 뒤늦게 주머니가 비어 있다는 것이 생각나서 어쩔 수 없이 이리 온 것이지요. 하하하!"

숀은 가볍게 웃으면서 말을 했지만 듀렌은 결코 웃지 못했다. 그 역시 소피아 상단이 최근 얼마만큼 그 세력을 확장하고 있는 거대 상단인지 잘 아는 탓이다.

그러는 사이 상점의 안쪽에서 화려한 복장을 한 부유해 보이는 뚱뚱한 사내 한 명이 허둥지둥 뛰어오고 있었다. 그가 바로 이곳의 지점장이었다.

2

소피아 상단 내에서도 돈을 잘 벌기로 소문난 카덴 지점에서 거나하게 술과 식사를 대접받고 여행 경비까지 지원받은 숀과 듀렌 부자는 다음 날 일찍 그곳을 떠났다.

"도련님, 죄송합니다만 한 가지만 여쭈어 봐도 괜찮을까요?"

성대한 환송식 끝에 겨우 마차에 다시 오른 뒤, 듀렌이

다짜고짜 꺼낸 말에 숀이 웃으며 대꾸했다.

"열 가지를 물어 보아도 괜찮으니 편히 말씀해 보세요."

"소피아 상단에는 엄청난 실력자가 많은 것으로 알고 있습니다. 정말 그들 전부를 거느리고 계신 겁니까?"

소피아 상단이 무력까지 갖추고 있다는 것을 아는 사람은 극히 드물다. 그런데도 듀렌이 그 점을 알고 있는 것을 보면 그 역시 상당한 정보망을 가지고 있는 게 분명했다.

숀은 그런 생각을 하며 친절하게 대답해 주었다.

"하하! 그건 당연한 것 아닌가요? 그들은 나에게 매우 깊은 충성심을 보이고 있습니다. 그 덕분에 내가 하는 일이 훨씬 편해졌지요. 거기에 대해서 더 궁금한 것이 있으신가요?"

"휴우, 도련님을 의심해서 물어본 것이 아닙니다. 단지 너무 놀라워서 물은 것이지요. 혹시 그들이 도련님의 진짜 신분도 알고 있는 겁니까?"

"그렇습니다. 나에게 충성을 바치는 사람들에게 거짓말을 할 수는 없었지요."

"아, 역시 그러셨군요. 이제 좀 이해가 갑니다. 소피아 상단의 원뿌리가 과거 억울한 누명으로 돌아가신 에드문드 백작가라는 말이 있거든요. 아마 그래서 각하를 따르는 지도 모르겠습니다. 가문을 부활시키고 싶어 할 테니까요."

"아, 그 사실은 나도 처음 알았습니다. 귀족가의 후예들임은 알고 있었지만 그게 바로 에드몬드 백작 가문이었었군요. 그는 어떤 사람이었습니까?"

숀은 전혀 엉뚱한 곳에서 소피아의 출신을 듣게 되었다. 어차피 조만간 그녀가 직접 말을 해주기는 하겠지만 그래도 궁금했던 것은 사실이었다. 어쨌든 그녀도 결국 자신의 여자가 될 것이라고 여기고 있으니 더 그럴 수밖에…….

"매우 용맹하고 충성심이 강한 사람이었지요. 솔직히 말씀드리면 그 역시 루카스 왕자님의 열렬한 지지자 중 한 명이었습니다. 그게 결국 화근이 되어버린 케이스였죠."

"허어, 그럼 그분도 나의 숙부들에게 당한 것인가요?"

결국 알고 보니 숀의 주변에 모여들고 있는 사람들은 한결같이 과거의 인연도 있는 듯했다. 숀은 그 사실이 매우 놀라웠다.

"그렇다고 할 수도 있고 아니라고 할 수도 있습니다. 원인 제공자는 일왕자님이지만 그건 겉으로 드러난 모습일 뿐이고 실제로는 에드몬드 백작 가문을 시기했던 잭슨 자작의 음모라고 할 수 있지요. 그가 잽싸게 바스티안 왕자님께 달라붙어 에드몬드 백작을 숙청하게끔 이간질시켰으니까요. 그자만 아니었으면 에드몬드 백작은 아마 지금쯤 저희와 함께 거사를 도모하고 있었을 것입니다."

"잭슨 자작이라……."

"지금은 잭슨 백작입니다. 에드몬드 백작가의 모든 영지를 빼앗을 때 작위까지 뺏은 셈이거든요."

소피아의 원수이면 곧 그의 원수라고 할 수 있었다. 그래서인지 잭슨의 이름을 되뇌는 숀의 얼굴에는 섬뜩한 미소가 떠오르고 있었다.

"그래 봤자 그의 명줄도 이제 끝이라고 해야겠죠."

"네? 그, 그게 갑자기 무슨 말씀이신지……."

듀렌은 왠지 등골이 서늘해짐을 느꼈다.

"그런 게 있습니다. 자, 이제 어디로 가는 겁니까?"

"아, 네. 케니스 자작의 성으로 갈 예정입니다. 그곳에서 말도스 공작과도 만나기로 했거든요."

숀은 노련하게 화제를 돌렸다. 듀렌도 그것을 눈치챘지만 아직은 숀이 자신과의 관계가 서먹해서 그러는 것이라고 치부하고는 일단 대답부터 했다.

가만 보니 이제 마차 안의 인원은 네 명으로 늘어나 있었다. 처음 듀렌이 출발할 때 어째서 이렇게 큰 마차를 타고 움직였던 것인지 그 이유가 밝혀지는 순간이기도 했다.

"흐음… 케니스 자작이라면 구면이겠군요."

"아, 그를 만난 적이 있으셨습니까?"

"네, 작년에 렌탈 영지에서 봤었죠. 아마 그분도 저를 기억하고 있을 겁니다."

케니스 자작은 숀이 단데스 영지를 물리치고 난 후 렌탈 영지에 왕실의 사신으로 찾아왔던 인물이다. 당시 그의 측근 중 마커스 불새 기사 단장이 숀에게 덤볐다가 크게 혼이 난 일이 있었다. 그러니 그가 왕사인 것은 모르더라도 강자로서 각인이 되어 있을 터였다.

"허어, 도대체 도련님께서는 그동안 무엇을 하셨던 것입니까? 소피아 상단을 접수하신 것도 그렇고 왕실 근위대 부총사인 케니스 자작을 만난 것도 그렇고 말입니다. 그는 그리 쉽게 만날 수 있는 사람이 아니거든요."

"그런 일들은 조만간 다 알게 될 것이니 너무 그렇게 독촉하지 마세요. 그러면 나중에 놀라는 모습을 보는 재미가 없어지잖습니까? 하하하!"

"저희는 아버지가 이처럼 누군가에게 당하는 모습은 처음 보는 것 같습니다. 역시 각하십니다."

"그러게 말입니다. 언제나 대쪽 같은 분이라서 작위가 높은 사람들도 함부로 대하지 못했거든요."

"너희마저……."

지금까지 내내 두 사람의 대화를 듣기만 하던 아들들이 이때다 싶었던지 은근슬쩍 끼어들었다. 워낙 재미있는 상황이라 가만히 듣고만 있기가 어려웠던 모양이다.

그렇게 아들들까지 합세하자 포기했다는 듯 듀렌의 표정이 일그러졌다. 하긴 놀리는 당사자가 왕손임에야 어찌하겠는가.

어쨌든 그래도 숀이 그렇게 거들먹거리지 않고 그들과 잘 섞여서 이야기한 덕분에 분위기는 나쁘지 않았다.

그런데 그런 와중에도 숀은 마냥 즐거워할 수는 없었다. 그에게는 딸린 식구도 많고 해야 할 일도 산더미처럼 쌓여 있지 않은가.

아무리 렌탈 남작이나 크롤 백작이 노련한 사람들이라고는 해도 아무런 소식도 없이 너무 긴 시간 동안 자리를 비우게 되면 상당히 곤란해할 것이 뻔했다.

"여기서 케니스 자작의 성까지는 얼마나 걸리죠?"

"최대한 빠른 속도로 갈 생각이기는 하지만 아무리 그래도 앞으로 일주일 정도는 걸릴 것입니다. 다른 일이라도 있으신가요?"

"그럼 아무래도 잠깐 어디를 다녀와야겠습니다."

넙죽!

"그, 그건 곤란합니다. 이번 모임에 루카스 왕자님이나 왕손 저하를 모시고 가지 못하면 사태가 심각해질 수도 있거든요. 최근 두 왕자의 움직임이 심상치 않아 더욱 이번 모임이 가지는 비중이 큽니다. 그러니 아주 중요한 일이 아니시면 그들을 만난 후에 가시기를 감히 청해 봅니다!"

숀이 어디를 다녀온다고 하자 듀렌이 자리에서 벌떡 일어났다가 바닥에 그대로 엎어지며 그를 말렸다. 지금 어딘가를 갔다 오게 되면 모임에 무조건 늦을 것이라고 판단한 탓이다. 물론 숀을 그저 힘없는 왕손으로만 여기고 있기에 일어난 해프닝이다.

"이런… 뭔가 오해를 하신 모양이군요. 다녀온다고 했지 아예 간다고 한 게 아닙니다. 여러분이 도착하기 전까지는 틀림없이 돌아올 테니 그때까지만 시간을 주십시오. 내가 있어야지만 처리할 수 있는 일이 있어서 그럽니다."

"그러시다면 송구합니다만 부디 저 녀석들과 함께 가십시오. 그래야 제가 안심을 할 수 있을 것 같습니다."

이거야말로 진퇴양난이었다.

만일 저들 형제와 함께 움직이면 그의 측근들이 있는 테우신 영지까지 가는 데만도 일주일이 더 걸릴 테니 말이다. 그렇다고 갑자기 그들 앞에서 허공을 순식간에 날아다니는 것을 보여주기도 민망할 터였다.

"그럴 필요 없습니다. 내가 이미 상단 지점 사람들을 통해 호위 병사들을 준비시켜 놓으라고 했거든요. 아마 듀렌경도 그들의 이름은 들어보셨을 것입니다. 나이트 홀릭 형제들이라고……."

"헉! 설마 죽이지 못할 사람이 없을 거라고 알려진 그 유명한 어쌔신들을 말씀하시는 것은 아니시죠?"

"역시 듀렌 경은 그들을 알고 있군요. 맞습니다. 여기 있는 형제들을 못 믿는 것은 아니지만 솔직히 그들의 실력이 좀 더 한 수 위 아닐까요?"

처음 나이트 홀릭 형제들을 만날 때만 해도 숀은 그들을 우습게 여겼었다. 그때는 왕국이나 대륙 정세에 워낙 어두워서였다. 그러나 이제 그들이 얼마나 유명한 인물인지 알고 있었다. 그랬기에 슬쩍 그들의 이름을 이용했던 것인데 대성공이었다.

"그, 그야 당연하죠. 그런 인물들의 보호를 받는다면 저도 안심할 수 있을 것 같습니다. 대신 부디 늦지만 말아주십시오. 참, 그런데 그 사람들은 어디서 만나실 생각이십니까?"

"그건 내가 오는 내내 그들이 알아볼 만한 표시를 남겨두었으니 금방 찾아올 겁니다. 그러니 걱정 말고 다들 일주일 후에 봅시다."

결국 숀은 그럴싸한 변명을 둘러대고는 마차에서 내렸다. 그러고는 그들이 보이지 않는 곳에 도착하자 귀신이 곡할 만한 속도로 그 지역을 벗어나기 시작했다.

Chapter 11

복수

1

불과 반나절 만에 테우신 성으로 돌아온 숀은 오자마자 중요인사들과 인사를 마치고 다짜고짜 소피아와 단독으로 면담했다.

"갑자기 무슨 일이라도 생겼나요?"

"일단 거기 앉으시오."

그녀가 의아한 얼굴로 묻자 숀은 그녀를 일단 앉히고는 자신도 그 앞에 앉았다. 잠시 생각을 정리하느라 약간의 시간이 필요했던 모양이다.

"오늘부터 조사해야 할 곳이 하나 생겼소."

"조사요? 갑자기 그게 무슨 말씀이신지……."

숀이 다짜고짜 말을 꺼내자 평소 명석한 그녀도 잠깐 멍해지고 말았다.

"우리의 다음 목표가 될 곳을 조사해야 한다는 말이요. 그들을 제거하려면 몇 가지 공작이 필요하거든. 어쨌든 아직은 일왕자 바스티안의 보호를 받고 있으니……."

"저기… 주군. 그러니까 거기가 어디인지 말씀을 해주셔야 제가 조사를 하든가 말든가 하지요."

숀이 더욱 뜸을 들이며 가장 중요한 내용은 빼먹고 말을 하자 소피아는 더욱 고개를 갸웃거리며 조심스럽게 다시 물었다.

보통 여자 같았으면 너무 답답해서 언성이 좀 커질 만도 한데 그녀는 여전히 차분한 말투였다.

"아무튼 그대는 참으로 특이하오. 화를 내게 하려고 해도 전혀 동요하지 않으니 말이오."

"어차피 때가 되면 말씀해 주실 텐데 조바심을 낼 필요가 있을까요? 특히 주군처럼 지극히 이성적인 사람과 대화할 때는 더 그렇죠."

이렇게 대답하는 소피아의 모습이 오늘따라 더욱 예뻐 보였다. 그래서인지 숀은 그녀의 앞에 앉아 있다가 갑자기 옆자리로 가서 앉았다.

"가까이에서 이야기해도 괜찮겠소?"

"벌써 오셔놓고……."

발갛게 물들어 가는 그녀의 볼을 보는 순간, 숀은 주체할 수 없는 욕구를 느꼈다.

"당신은 정말 아름답소."

"가, 갑자기 그게 무슨 말… 웁!"

누가 가르쳐 준 것도 아니다. 그런데도 숀은 자신도 모르게 그녀의 입술을 훔치고 말았다.

소피아는 너무 놀라 그대로 굳어버렸는지 그저 눈만 동그랗게 뜬 채 꼼짝도 하지 못했다. 아예 숨도 쉴 수 없을 정도다.

두근두근두근.

평생 처음 느껴보는 커다란 충격과 환희가 동시에 몰려왔다. 그런데 그때, 본능이 시켰던 것일까? 아니면 실수였을까? 한 손은 그녀를 끌어당긴 상태였고 또 다른 한 손은 마땅히 둘 곳이 없었다는 것이 화근이었을까? 그의 그 손이 어찌할 바를 몰라 하다가 갑자기 뭉클한 무엇인가를 잡고 말았다.

"엄마야!"

화들짝!

"이, 이런… 미, 미안하오."

소피아가 얼마나 당황했던지 비명과 함께 얼른 뒤로 물러섰다. 그 바람에 숀이 더 크게 놀라고 말았다. 이건 마치 귀한 물건을 훔치다가 주인에게 딱 걸린 기분이다. 그러면서도 한편으로는 커다란 아쉬움이 그의 전신을 훑고 지나갔다.

특히, 방금 전 황홀함에 빠져들게 했던 달콤한 그녀의 입술과 또 말로 형언할 수 없이 묘한 쾌감과 감동마저 느끼게 해주었던 그녀의 뭉클한 그곳은 환상 그 자체였다.

"죄, 죄송해요, 이런 경우는 처음이라 저도 모르게 그만 실수를 한 것 같네요."

"절, 절대 고의는 아니었소. 나는 단지……."

"쉿!"

숀이 어쩔 줄을 몰라 하며 사과를 하려고 하자 소피아가 길고 고운 손가락으로 그의 입술을 누르며 살짝 웃었다.

"당신 마음… 알아요. 그리고 고마워요."

대체 뭐가 고마운 것인지는 죽었다 깨어나도 알 수 없는 숀이었으나 그는 일단 상황이 자연스럽게 넘어가는 것 같아 보이자 슬그머니 다시 그녀를 끌어안았다.

"어차피 나는 당신을 남으로 여기고 있지 않소. 지금은 해야 할 일이 많아서 정식으로 당신에게 청혼할 수 없지만 진작부터 당신을 좋아하고 있었소."

"아, 그 말씀… 정말 듣고 싶었어요. 저도 너무너무 당신을 좋아해요."

살포시.

지금의 포옹은 아까와는 또 의미가 달랐다. 서로의 마음을 확인한 이후였기 때문이다. 그리고 뭐든 그렇듯 처음은 힘들지만 두 번째는 훨씬 쉬운 법이다. 특히, 숀처럼 배움이 빠른 인간은 더더욱 말이다.

와락!

"아!"

그렇게 두 사람은 다시 한 번 진한 입맞춤을 나누었다. 그로 인해 소피아의 숨은 넘어갈 듯 헐떡였고 숀의 그 고의성 짙은 손은 또다시 그녀의 이곳저곳을 탐험하기 시작했다.

만일 이대로 조금만 더 시간이 흐르면 두 사람의 이성이 아무리 대단하다 해도 결국 크게 사고가 날 것이 분명했다.

그런데,

똑똑!

"렌탈입니다. 주군."

후다닥!

"어머나!"

"헉… 이, 이런……."

하필 다른 사람도 아닌 파비앙의 아버지 렌탈이 갑자기 숀의 집무실로 찾아왔다. 거기에 너무 놀란 두 사람은 그야말로 번갯불에 콩 구워먹듯 눈부신 속도로 옷매무새와 머리를 단정하게 매만졌다.

그러면서 숀은 최대한 차분한 어조로 대답했다.

"크험! 잠시만 기다리십시오."

그러자 다행히 렌탈은 별다른 의심 없이 그저 담담히 대꾸했다.

"알겠습니다."

"큭큭큭… 오늘 정말 재미있네."

"풋! 그러게요. 이제 괜찮은 거 같아요."

"훗, 다행이네. 자, 그럼 이제 다시 업무로 돌아가 봅시다."

"그래요."

비록 긴 시간은 아니었지만 두 사람 사이에는 실로 은밀한 비밀이 하나 생겼다. 그것을 공유하고 있다는 것만으로도 소피아는 마냥 행복하기만 했다.

"들어오세요, 렌탈 남작님."

딸깍.

"중요한 대화를 나누던 모양인데 제가 방해를 한 모양이로군요."

"네, 우선 작전 대장님에게 먼저 설명을 하고 그다음에 남작님을 모시려던 참이었습니다. 이번 일은 소피아 대장님과 밀접한 관계가 있거든요. 그런데 남작님은 어쩐 일이십니까?"

이때 렌탈이 두 사람을 자세히 살펴보았다면 어딘가 이상하다는 것을 금방 눈치챘을 것이다. 그러나 왕자인 숀을 빤히 볼 수는 없었기에 그는 그저 예의상 한마디 했을 뿐 별다른 태도를 보이지 않았다. 그보다는 오히려 소피아가 훨씬 더 놀란 듯싶었다. 숀이 대뜸 자신과 밀접한 관계가 있는 일이라고 했기 때문이다.

"아, 주군께 결재받아야 하는 일을 깜빡해서요."

"그게 어떤 일이죠?"

"이 지역 영지군 확충 건 말입니다. 인구수가 14만 명에 이르렀으니 일천 명 정도는 더 징발해도 괜찮을 것 같다는 것이 모든 지휘관의 중론이었거든요. 어떻게 하는 것이 좋을까요?"

병사 징집에 관한 부분은 영주의 의지가 가장 중요하다. 현재 이곳의 영주는 크롤 백작이라고 해야겠지만 그들이 모두 숀을 주군으로 모시는 이상 이런 문제의 결정권도 그에게 있다고 보는 게 정확했다.

"다들 그렇게 의견을 모았다면 굳이 내가 말릴 이유는 없지요. 내가 보기에도 그 정도면 과하거나 모자란 것 같지는 않거든요. 그대로 시행하십시오."

"알겠습니다!"

전쟁을 치를 때나 아니면 영지 안에 위급한 일이 발생했을 때의 손은 거의 독재에 가까울 정도로 단호한 면이 많았다. 그러나 이처럼 평화로울 때의 그는 한없이 부드럽고 상냥한 군주라고 할 수 있었다. 모두의 의견을 존중해 주는 그런 군주 말이다.

"자, 그럼 일단 나가보세요. 나는 소피아 대장님과 더 상의를 해야 할 것이 남아 있습니다. 그게 결론이 나면 곧 다시 부르겠습니다."

"알겠습니다! 그럼 이따 다시 뵙겠습니다."

그렇게 렌탈 남작이 다시 집무실을 나가자 그 모습을 가만히 지켜보던 소피아가 바로 말문을 열었다.

"방금 전 그게 무슨 말씀이세요? 저와 밀접한 관계가 있다는 일 말이에요. 아무리 생각해 봐도 저는 금시초문이거든요."

"아까 내가 조사해야 할 곳이 있다는 말 기억나오?"

"물론이죠."

"거기가 어딘지 내가 말을 해주면 금방 이해할 수 있을 거요."

다시 이야기가 원점으로 돌아갔다.

중간에 두 사람이 해괴한 짓을 저지르기 전의 대화가 반복되고 있으니 말이다.

"정말 짓궂으시네. 다시 여쭈어 볼게요. 제가 조사해야 할 곳이 정확히 어디입니까?"

"바로 잭슨 백작 가문이요."

"네에? 잭슨이라고요?"

어찌나 놀랐는지 소피아는 입을 딱 벌리고 말았다.

2

지난 십 년간 소피아의 머릿속에서 단 한시도 사라지지 않았던 이름이 있다면 그가 바로 잭슨이다. 그녀의 가문과는 철천지원수가 된 자. 그로 인해 그녀의 어린 시절은 송두리째 망가지지 않았던가.

"그들을… 어떻게 아셨죠?"

"진작부터 그대의 적이 누구인지 알고 싶었소. 하지만 그대가 말해줄 때까지 묻기는 좀 곤란했소. 괜히 아픈 과거를 들춰낼까 봐 걱정이 되었거든. 그런데 우연한 계기를 통해 알게 되었소. 알게 된 이상 이제는 그들에 대해 더 많은 것을 알아야겠소. 그래야 통쾌한 복수를 할 수 있을 테니 말이오. 어차피 곧 왕국 전체에 커다란 개혁과 변화의 바람이 일어날 것이오. 내가 그렇게 만들 테니까. 그리고 그 첫 번째를 잭슨가의 몰락부터 시작할 생각이오.”

숀이 이렇게 이야기하는 동안에도 소피아는 여러 가지 감정이 오가는지 계속해서 미묘한 표정의 변화를 보이고 있었다. 거기에는 놀라움과 감탄, 그리고 애정이 섞여 있는 것 같았다.

“잭슨 그자의 가문은 그리 만만한 곳이 아니에요. 과거에도 무력으로 영지를 운영해 온 자라 강했지만 우리 영지를 흡수한 뒤로는 그 기세가 더욱 대단해졌죠. 제가 왜 처음에 바스티안 왕자의 세력으로 들어가려고 했는지 아세요?”

이야기하던 소피아가 갑자기 질문을 던지자 숀은 반사적으로 대꾸했다.

“글쎄? 당신들 세력을 키우기 위해 그런 것 아니오?”

“표면적으로는 그게 맞아요. 하지만 진짜 속뜻은 전혀 아니었죠. 사실 알고 보면 바스티안 왕자도 우리 가문과는 원수라고 할 수 있거든요.”

“으음… 그 이야기도 대충 듣기는 했소. 그럼 혹시 원수들 사이에 숨어들어 그들끼리 반목하도록 이간질을 계획했던 거요?”

“역시 주군께서는 예리하시군요. 맞아요. 일단 바스티안 왕자의 신임을 얻은 후 잭슨이 반역을 계획하는 것처럼 교묘하게 조작을 하려고 했었죠. 그런 다음 그 정보를 바스티안 왕자에게 흘려보내면 성격이 급한 그는 앞뒤 따지지도 않고 잭슨을 제거할 가능성이 높거든요."

"호오, 그거 정말 괜찮은 계획이군. 그렇게만 되면 결국 잭슨은 죽게 될 테고 그로 인해 바스티안 왕자도 세력이 한 풀 꺾일 테니 말이오."

소피아는 역시 숀과 이야기하는 것이 참으로 편하다는 생각을 했다. 이 사람은 기본적인 것만 말을 해주어도 애초 계획에 참여했던 사람이 아닐까 싶을 정도로 쉽게 핵심을 파악하기 때문이다.

처음부터 끝까지 이야기를 해야 알아듣는 다른 왕족들과는 확실히 달랐다.

"그렇죠. 그러면 결국 힘의 균형이 깨질 것 아니겠어요? 그건 곧 바스티안의 몰락을 뜻하기도 하죠."

"가만 보니 당신 정말 무서운 여자로군. 그대로만 진행했으면 분명 성공했을 거요. 알고 보니 내가 중간에 끼어들어 그 좋은 계획을 망친 꼴이로군. 허어 참……."

숀을 만나지 않았더라면 어쩌면 소피아는 지금쯤 거의 복수를 끝낼 시점이 되었을지도 모른다. 거기까지 생각을 하자 숀은 괜히 미안한 감정이 들었다.

"하지만 결국엔 저희도 당하고 말았을 거예요. 바스티안 왕자가 아무리 미련하다고 해도 그의 측근들까지 다 멍청하지는 않거든요. 그리고 그런 일이 없다고 해도 저나 우리 장로들은 당신을 전혀 원망하지 않아요. 왜냐하면 제 아버지는 원래부터 루카스 왕자님의 충신 중 한 명이셨거든요. 그래서 당신이 그분의 아들임을 밝혔을 때 얼마나 기뻤는지 몰라요. 일부러 티를 내지는 않았지만요."

"왜 일부러 그런 거요? 오히려 이런 이야기를 진작에 해주었다면 당신들에게 더 잘해줄 수도 있었을 것 같은데……."

비록 소피아와 혼이 달아날 만큼 기분 좋은 키스를 나눈 숀이었지만 아직 그녀의 생각이나 성향을 모두 알 수는 없었다.

"그렇게 되면 당신에게 우리가 얼마나 필요한 존재인지 알리기가 쉽지 않았겠죠. 아버지 대의 일로 괜히 빌붙는 것 같은 기분이 들 수도 있을 테고요. 그리고 무엇보다 우리의 문제로 당신에게 짐을 지게 하기는 싫었어요. 왜냐하면… 왜냐하면……."

"……."

그녀가 말끝을 흐렸지만 이번에는 숀도 바로 물어보지 않고 잠시 기다렸다. 뭔가 꼭 들어야 할 이야기가 나올 것 같아서다.

“당신을 처음 본 순간부터 좋아하게 되었기 때문이죠.”

획~

여기까지 말을 하고는 소피아가 두 손으로 얼른 자신의 얼굴을 가렸다. 너무 부끄러웠기 때문이다. 그 모습이 어찌나 사랑스럽고 귀엽던지 숀은 무엇인가에 홀린 듯 다시 그녀의 곁으로 다가갔다.

“솔직히 그건 나도 마찬가지였소. 먼저 마음에 둔 여자가 있어서 그런 감정을 억누르려고 애를 쓰긴 했지만 말이오.”

“그게 정말이세요?”

얼굴을 가리던 손을 입 근처로 살며시 내린 채 소피아가 숀을 빤히 바라보았다. 그러면서 이렇게 묻는대야 더 버틸 재간이 없었다.

와락!

쪽!

“…….”

지금 일 때문에 만난 것인지 연애하기 위해 만난 것인지 도무지 분간이 안 되는 상황이 또 연출되었다. 하긴 피 끓는 청춘 남녀가 서로 좋아하는데 누가 말리겠는가. 결국 둘은 잠시 동안 황홀함에서 벗어나지 못했다.

턱!

"거, 거기는 제발……."

"이런… 미안하오."

그러다가 또다시 숀의 손이 이상한 곳으로 향했던지 소피아가 그의 손을 잡으며 애원하는 듯한 눈빛을 보냈다. 그 표정마저도 무서운 유혹이었지만 그는 힘겹게 참아내었다.

"복수를 끝내면 제 모든 것을 당신께 바칠게요. 그때까지만 기다려 주세요."

"당신의 마음 알 것 같소. 자, 그럼 우리 다시 그 일을 의논해 봅시다. 이러다가는 날이 새도 이야기를 끝내지 못하겠소."

"피이, 그게 꼭 제 잘못 때문인 것처럼 들리네요."

"하하! 미안하오. 하지만 당신 잘못이 전혀 없는 것은 아니요. 당신이 옆에서 거의 무방비 상태로 있는데 참을 수 있는 남자가 세상천지에 어디 있겠소?"

숀의 이 말은 절대 농담이 아니었다. 확실히 소피아와 파비앙은 느낌이 다르다. 파비앙과 함께 있으면 가슴이 떨리고 기분은 좋지만 이 정도까지 육체적인 유혹을 느끼지는 않는다. 그랬기에 이성을 유지해 올 수 있었다. 그러나 소피아는 그녀 특유의 향을 맡기만 해도 폭발할 것 같은 욕구를 느끼게 했다. 만일 숀이 엄청난 무공을 소유하게 됨으로써 스스로의 감정마저 다스릴 수 없었다면 지금쯤 발정 난

수캐 이상으로 발작을 일으켰을지도 모른다.

“알아요. 그래서 당신을 존경해요. 그리고… 사랑… 해요…….”

“나도 그렇소, 소피아. 사랑하오.”

또다시 이어지는 포옹……. 그러나 이번에는 그 이상 진도가 나가지는 않았다. 서로의 마음을 확인한 이상 숀도 너무 서두를 필요는 없다고 생각한 모양이다.

“그나저나 지금 바로 잭슨을 치는 것은 무리가 있지 않을까요? 그가 어떤 인간이든 상관없이 현재 그는 바스티안 왕자의 가장 최측근 중 한 명이거든요. 만일 그를 치게 되면 왕자가 가만히 있지 않을 거예요.”

“그게 오히려 내가 바라는 바요. 물론 그렇다고 아무런 준비도 없이 그런 상황을 만들 필요는 없지. 그래서 처음에 내가 당신에게 그에 관해서 조사를 해보라고 말했던 거요. 내가 좋아하는 격언 중에 이런 구절이 있소. ‘적을 알고 나를 알면 백 번 싸워도 위태로울 일이 없다’ 라는…….”

숀은 손자병법의 유명한 구절을 인용했다. 지금 이 말만큼 와 닿는 말은 없었기 때문이다.

“아아… 저는 그런 말은 처음 들어봐요. 누구나 다 알 것 같은 말인데도 몹시 신비한 느낌까지 드네요. 역시 당신은 참으로 현명하세요.”

"별것도 아닌데 너무 띄워주는군. 하지만 기분은 좋소. 아무튼 나는 또 중요한 곳에 다녀와야 하오. 내가 돌아올 때까지 잭슨이라는 자에 대한 정보를 최대한 수집해 주시오. 아까도 말했듯이 개혁의 첫 번째 제물은 바로 그가 될 테니까."

숀이 다시 한 번 말하자 소피아의 심장이 훨씬 더 빨라졌다. 아까 듣는 것과 지금 듣는 것은 그만큼 차이가 있었던 것이다. 특히 이런 말을 하는 사람이 숀이라 더 그런 것 같았다. 지금까지 단 한 번의 실패도 없었던 사람이 바로 그 아니었던가.

소피아의 복수는 이렇게 시작되고 있었다.

Chapter 12

하수인 다루는 법

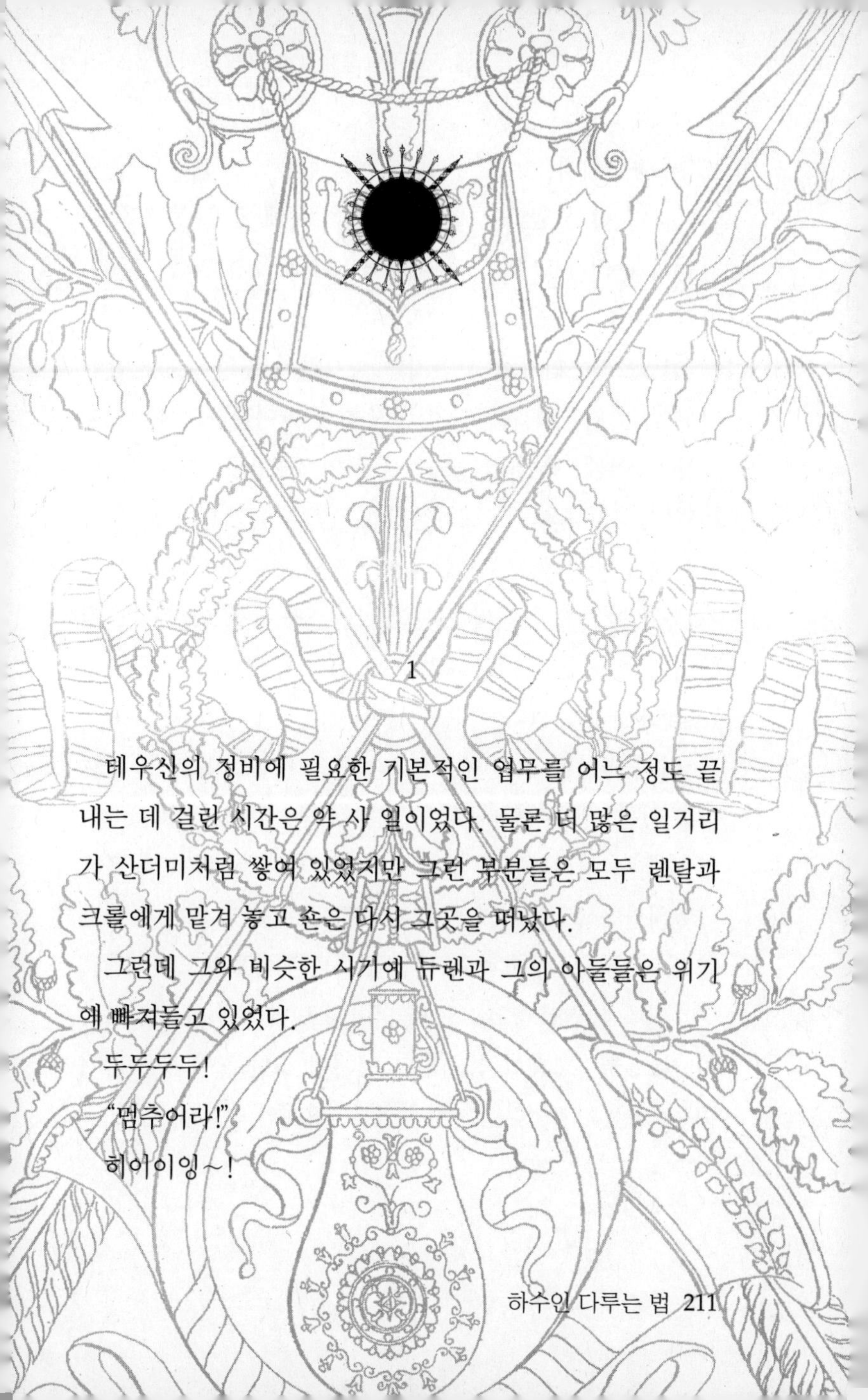

1

테우신의 정비에 필요한 기본적인 업무를 어느 정도 끝내는 데 걸린 시간은 약 사 일이었다. 물론 더 많은 일거리가 산더미처럼 쌓여 있었지만 그런 부분들은 모두 렌탈과 크롤에게 맡겨 놓고 숀은 다시 그곳을 떠났다.

그런데 그와 비슷한 시기에 듀렌과 그의 아들들은 위기에 빠져들고 있었다.

두두두두!

"멈추어라!"

히이이잉~!

"웬 놈들이냐!"

마차가 한참 달리고 있을 때 검은 옷에 검은 복면을 쓴 일단의 무리가 말을 타고 나타나더니 그들의 앞을 가로막았던 것이다.

"킬킬킬! 우리가 누구인지는 중요하지 않다. 마차 안에 타고 있는 녀석이 듀렌인지 뭔지 하는 놈이라는 것이 더 중요하지. 어때? 안에 있는 자가 듀렌이 맞는가?"

덜컥.

어쨌든 불청객들이 자신의 아버지의 이름을 함부로 부르자 화가 났던지 듀렌의 큰아들 아돌프와 둘째 아들 안톤이 동시에 마차 문을 박차고 밖으로 뛰쳐나왔다. 그러고는 대뜸 소리쳤다.

"이런 싸가지 없는 놈들! 그 이름은 네놈들이 마구 부르라고 있는 것이 아니다. 네놈들 정체부터 밝혀라!"

"오호~ 어린놈들이 제법 호기로운데? 그래 봤자 별것 아니겠지만… 흘흘. 아가들아, 니들은 집에 가서 엄마 젖이나 더 먹고 오도록 하고 어서 네놈들 아비나 나오라고 해라."

그러나 복면인들은 그들의 외침에도 별다른 동요를 보이지 않고 늙수그레한 목소리로 이처럼 심한 모욕감을 안겨주는 말만 지껄였다. 그게 결국 두 형제의 분노에 불을 질렀다.

"이런 잡종들이 겁 없이 떠드는구나!"

"어서 놈들을 혼내줍시다. 형님!"

스르릉~!

"멈추어라!"

화가 머리꼭대기까지 오른 두 형제가 거의 동시에 검을 꺼내 들고 앞으로 달려 나가려던 순간, 갑자기 듀렌이 나타나 두 사람을 말렸다.

"아버님을 욕되게 한 무리입니다. 절대 용서할 수 없습니다!"

그의 말에도 불구하고 큰아들 아돌프가 뛰쳐나가려고 하자 듀렌의 언성이 높아졌다.

"어허! 잠깐 멈추래도!"

"크윽……."

"내가 저들에게 물어볼 것이 있으니 이야기를 들은 후에 덤비도록 해라."

"알겠습니다."

여전히 분노는 사그라지지 않았지만 아돌프는 용케 감정을 추슬렀다. 평소 듀렌이 얼마나 엄하게 가르쳤는지 잘 드러나는 광경이다.

"내가 듀렌이다. 너희는 누구냐?"

"겁도 없이 제 발로 우리 앞에 나서다니 과연 '청명의 기사' 답군. 하지만 그 대답은 일단 네놈을 잡은 다음에 해주마. 쳐라!"

"네! 간다!"

팟! 팟! 팟!

'청명의 기사' 라는 칭호는 그를 알고 있는 자들이 지어준 별칭이다. 그가 워낙 한마음으로 충성을 바치다 보니 이런 별칭까지 생긴 모양이다. 아무튼 지금은 그런 호칭에 신경을 쓸 때가 아니었다. 복면인들이 일제히 말 등을 박차고 듀렌을 공격했기 때문이다. 무려 일곱 명이나 되는 그들의 공격은 절대 범상치가 않았다.

"여기도 있다. 타핫!"

"이얍!"

그 모습을 보고 듀렌의 뒤에 서 있던 두 아들도 땅을 박찼다. 그리고 곧 듀렌의 앞을 막아서며 복면인들의 검을 막아갔다.

챙! 챙챙!

"어림없다!"

처음에는 2 대 7임에도 불구하고 잘 막는 것처럼 보였다.

"우리 목적은 듀렌이지 그 꼬맹들이 아니다! 어서 끝내라!"

"네! 타핫!"

비비빙!

하지만 그런 균형은 그리 오래가지 못했다. 복면인들의 리더로 보이는 자가 명령을 내리자 그들의 검에서 일제히 마나의 기운이 피어올랐다. 그러자 전세는 금방 그들 쪽으로 기울어갔다.

"으윽! 이, 이것들이……."

"아우! 조심!"

쎄엑~ 채엥!

그나마 평소 둘이 함께 훈련을 하면서 합격술을 익혀 왔는지 아주 위태로울 때는 서로가 서로를 보호하며 가까스로 위기를 넘길 수 있었다. 하지만 그것도 그리 오래가지는 못했다.

"스네이크 진으로 쳐라!"

"스네이크 발동!"

휙~ 휙~ 휙~ 휙!

복면인들의 마나는 듀렌 형제와 큰 차이가 없었다. 그러나 일단 숫자가 많은데다가 전투 경험이 훨씬 많아서인지 듀렌 형제가 점점 밀리고 있었다. 그런 와중에 진까지 운용하자 힘의 우위는 확연히 드러났다.

서걱!

"윽!"

"안톤!"

"형님 뒤!"

까앙!

이대로 가면 둘 다 위험했다. 그것을 느꼈는지 뒤로 빠져 복면인들의 리더만 감시하던 듀렌이 결국 검을 꺼내 들어 아들들과 합류하기 위해 앞으로 달려갔다. 그 모습을 보고 복면인들 쪽에서도 한 사람이 그를 향해 공격했다.

"이놈들~!"

슈우욱~! 까앙!

"윽!"

그러자 두 개의 검이 그대로 부딪쳤고 복면인이 비틀거리며 뒤로 물러섰다. 마나에서 차이가 나는 바람에 듀렌의 검을 막았는데도 내상을 입은 모양이다.

"모두 아들놈들을 쳐라! 듀렌은 내가 맡겠다."

"네! 죽어라!"

쉬이익!

그것을 보고 안 되겠다 싶었는지 마침내 복면인들의 리더가 전장에 합류했다. 그가 듀렌을 막고 있는 이상 다른 복면인들은 거리낄 것이 없었다. 비록 한 명이 부상을 입었지만 여섯 명이면 두 아들을 처리하는 데 별 무리가 없을 터였다.

"대체 네놈들 정체가 무엇이냐?"

"그건 같이 가보면 자동으로 알게 될 일. 그러니 그만 힘 빼고 순순히 잡히는 것이 어떻겠느냐?"

누구보다 지금 상황을 잘 아는 듀렌인지라 겉으로는 태연한 척해도 속으로는 피가 바짝 마르고 있었다. 그렇다고 소금 전처럼 부턱대고 아들들을 도와주러 갈 수도 없었다. 지금 자신의 앞을 가로막고 있는 복면인의 기세가 워낙 엄청났기 때문이다.

"보나마나 니놈들은 왕자들이 보낸 끄나풀이겠지. 그런 자들에게 끌려갈 이유는 없다. 받아라, 타핫!"

위잉~!

"결국 어디 한 곳은 부러뜨린 다음에 끌고 가야겠군. 차앗!"

까깡! 깡!

듀렌보다 늦게 검을 꺼내 든 복면인이었지만 그는 매우 쉽게 듀렌의 공격을 막아내었다. 뿐만 아니라 오히려 듀렌을 코너로 몰아넣기까지 했다. 두 사람의 마나는 비슷했지만 그의 검법이 훨씬 더 예리하고 빨랐기 때문이다.

"으윽. 보, 보통이 아니로군. 하지만 아직 멀었다! 야압!"

"역시 제법이야. 그래 봤자지만!"

챙! 채챙! 그그극!

그러나 생각보다 듀렌의 버티는 힘도 만만치 않았다. 느린 대신 무게가 담긴 그의 검법 덕분이다. 이런 식으로 가면 아무리 싸워도 쉽게 승부가 나지 않을 것 같았다. 그런데 그때.

"으악!"

"헉! 안톤!"

하필이면 듀렌의 작은아들이 적의 검에 당하고 말았다. 비록 생명에는 지장이 없었지만 그의 비명이 듀렌의 집중력을 단숨에 무너뜨리고 말았다.

"흐흐, 이때다, 이얍!"

쎄에에엑~!

까앙!

"윽!"

비틀비틀.

다행히 운이 좋게도 그 공격을 가까스로 막아내기는 했지만 그의 중심이 무너지고 말았다. 그리고 그건 복면인에게 절호의 찬스를 제공해 주었다.

"질긴 놈, 이제 쓰러져라!"

슈우욱~!

순간, 듀렌은 자신도 모르게 두 눈을 질끈 감고 말았다.

'결국 이렇게 끝나는 것인가? 돌이켜 보면 참으로 힘든 세월이었어. 저자들에게 끌려가서 치욕을 당하느니 차라리

죽는 것이 낫겠지.'

그가 속으로 최후의 순간까지 생각하며 각오를 다지고 있었지만 뭔가 이상했다. 검이 벌써 자신의 신체 어딘가를 잘라 내고도 남을 시간이 지났는데도 아무런 일도 벌어지지 않았기 때문이다. 그런데다가 더 이상한 것은 아들들과 복면인들 간의 싸움 소리도 들려오지 않는다는 점이다.

"내가… 벌써 지옥에 온 것인가?"

그는 자신도 모르게 중얼거리며 천천히 눈을 떠 보았다. 그리고 순간, 그의 입이 딱 벌어지며 그대로 굳어버리고 말았다.

2

숀이 듀렌 부자의 흔적을 발견했을 때는 이미 그들이 한창 위기에 빠져 있을 때였다.

"응? 이게 무슨 소리지? 설마 그새 적들에게 공격을 받고 있는 것일까? 어서 가보자!"

팟!

그의 예민한 귀로 싸우는 소리를 들었다는 것이 그나마 다행이라면 다행이었다. 아마 다른 사람이었다면 절대 알 수 없었을 테니까 말이다.

'어렵쇼? 저거 위험하네. 안 되겠다.'

"이 어린놈들, 죽어라!"

쎄에엑~!

"형님!"

"안톤!"

질끈.

그가 순식간에 싸움의 현장 근처에 도착했을 때는 실로 아슬아슬한 상황이 벌어지고 있었다.

듀렌의 작은아들 안톤은 벌써 부상을 입은 것인지 등에서 피를 철철 흘린 채 형 아돌프의 부축을 받으며 겨우 서 있었다. 숀이 그런 그들을 발견했을 때는 이미 여섯 명의 검이 동시에 두 사람을 덮치고 있었다.

그뿐만 아니라 그들과 조금 떨어져 있는 곳에서는 듀렌이 복면인의 검에 곧 당할 지경이었던 것이다.

그것을 발견한 순간, 숀은 반사적으로 양쪽 손을 활짝 펴며 순식간에 여덟 가닥의 지풍을 쏘아냈다.

핑핑핑핑!

퍽퍽퍽퍽!

그리고 곧 그것들은 모두 복면인들의 급소를 때렸다.

순간, 듀렌 부자를 내려치려던 그들의 검이 목표물 코앞에서 멈추어 섰다. 만일 즉사를 시켰더라면 듀렌 등이 다칠 수도 있는 상황이었다. 그것을 깨달은 숀은 그들의 마혈을 정확히 짚어 그대로 굳어버리게 만든 것이었다.

실로 기적과 같은 빠르기에 한 치의 오차도 없는 대응이었다. 그 후, 그는 마치 빛살처럼 현장에 도착했고 바로 그때, 듀렌과 아들들이 질끈 감았던 눈을 떴던 것이다.

"각, 각하!"

"각하!"

눈을 뜨자마자 듀렌의 앞에 펼쳐진 모습은 실로 신기했다. 그렇게 사납고 날카로웠던 복면인이 입을 헤벌린 채 칼을 든 손을 앞으로 쭉 내밀고 있는 것 아닌가. 그것도 마치 석상이 된 양 굳어버린 채 말이다. 그건 아들들과 싸우고 있던 복면인들도 별반 다르지 않았다. 아무튼 찰나의 순간에 모든 복면인은 굳어버렸고 사흘이 더 지난 후에야 도착하겠다던 숀은 빙그레 웃으며 눈앞에 있었으니 얼마나 기가 막히고 놀라웠겠는가.

"거 먼저 가서 자리를 잡겠다던 사람들이 대체 여기서 무엇을 하고 있는 겁니까? 내가 조금만 더 늦게 왔으면 땅을 치고 후회할 뻔했습니다그려."

"네에? 그, 그럼 지금 이자들이 이러고 있는 것은 모두 각하의 작품이라는 말씀이십니까?"

이런 상황이 벌어져 있는 것보다 이 모든 일을 숀이 했다는 사실이 더 믿기지 않고 놀라운 듀렌 가족이다. 그들은 굳어 있는 복면인들을 조심스럽게 만져보더니 더욱 미궁에 빠져들었다. 대체 어떻게 한 것인지 전혀 알 수가 없었기 때문이다. 눈은 분명 뜨고 있었고 또 그 눈에 당혹스러움과 두려움이 떠올라 있는 것을 보면 죽은 것은 아니었건만 어째서 꼼짝도 하지 못하는 것일까? 그들의 공통된 의문이었다.

"이자가 이 무리의 리더입니까?"

"그런 것 같습니다."

그러나 숀은 그들의 궁금증을 풀어주는 대신 오히려 질문을 먼저 던졌다. 그러고는 자신의 생각이 맞았다는 것을 확인하자 듀렌과 싸웠던 복면인의 신체 일부를 손가락으로 쿡 찔렀다.

"크아!"

"헉!"

"위험……."

"어허… 그럼 곤란하지."

쿡! 멈칫!

숀의 한 수로 굳어 있던 몸이 풀어진 복면인이 괴성과 함께 숀을 향해 검을 휘둘렀다. 워낙 가까운 거리인데다가 전혀 예측하지 못한 기습인지라 오죽했으면 듀렌과 아들들이 먼저 기겁을 했다. 그러나 숀은 그저 태연하게 오른손 중지를 들어 올리더니 그것으로 복면인의 배꼽 근처를 슬쩍 눌렀다. 그러자 놀랍게도 그는 다시 굳어버렸다. 두 눈을 멀쩡히 뜨고 보았지만 도무지 믿어지지 않는 광경이다.

"어, 어떻게 하신 겁니까?"

"그건 이따 다시 이야기하기로 하고 우선 이것부터 받아 두세요. 이놈이 가지고 있기에는 조금 위험한 장난감이라서요. 거기 두 사람도 어서 검부터 뺏으세요."

"알, 알겠습니다!"

숀이 리더의 검을 빼앗아서 듀렌에게 넘겨주며 소리치자 아돌프가 부상당한 동생을 바닥에 조심스럽게 내려놓더니 재빠르게 복면인들의 검을 모두 수거했다.

"자, 그럼 이제 다시 놀아 볼까?"

꾹!

"죽어라!"

부웅~!

가만 보니 굳어 있는 사이에도 복면인들의 정신은 멀쩡한 모양이다. 굳은 것을 풀어주면 마치 기다렸다는 듯 바로 공격을 하는 것을 보면 말이다. 그래 봤자 숀에게는 조금의 위협도 될 수 없었지만…….

"어허, 이 사람이 좋게 대해 주려고 했더니 아무래도 몸이 좀 근지러운 모양이로군. 그렇다면 어쩔 수 없지."

탁! 타탁!

"끄아악!"

데굴데굴…….

그저 맨 손가락으로 복면인 리더의 팔다리를 몇 군데 찌른 것뿐이다. 그런데도 그자는 있는 힘껏 비명을 질러대며 바닥을 구르기 시작했다. 숀이 혈도를 눌러 그의 고통을 극대화시킨 결과다. 아무도 그것을 몰랐지만 말이다.

"살, 살려줘~!"

"나는 싸가지 없는 녀석들은 고통을 느끼며 죽어야 한다고 생각하는 사람이거든. 이 말뜻을 잘 음미해 봐."

"으아악~!"

데굴데굴.

온몸이 부서지는 것 같은 통증에 시달리고 있는 사람에게 마치 재미있는 이야기라도 해주는 사람처럼 속삭이듯 떠들었으니 얼마나 기가 막혔을까. 그러나 그자는 여전히 비명과 함께 땅바닥을 구르면서도 필사적으로 숀의 말뜻을 떠올리고 있었다. 그러다가 다시 입을 열었다.

"살, 살려주십시오!"

"싫은데?"

"크아아악!"

데굴데굴.

조금 전에는 분명 반말로 지껄여서 그런 것이 맞을 터였다. 그러나 지금은 공손하게 부탁했는데도 숀은 리더를 고통에서 해방시켜 주지 않았다. 그게 더욱 그자의 이성을 마비시켜 갔다.

"누가 보낸 거지?"

"크, 크리스티안 왕자님께서 보, 보냈습니다. 크아악!"

그리고 그 효과는 실로 놀라웠다. 숀의 질문에 바로 대답하는 것을 보니 말이다. 듀렌과 그의 아들들은 태어나서 지금까지 이렇게 신기하고도 두려운 광경을 단 한 번도 본 적이 없었다. 게다가 숀은 등장해서부터 지금까지 내내 미소를 잃지 않고 있었으며 말투는 너무나도 친근하기만 했다. 그러한 것들이 이들 부자는 물론 여전히 굳어 있는 복면인들에게 더욱 큰 두려움을 선사하고 있었다.

"좋아. 이제 약간 대화를 하고 싶다는 생각이 드는군."

꾹!

"헉헉… 감, 감사합니다."

복면인들은 누구보다 혹독한 훈련을 거친 어쌔신이 틀림없었다. 그런데도 그들의 리더라는 자가 적에게 비밀을 발설한 것은 물론 이처럼 쉽게 머리를 숙이고 있었다. 아무리 그 고통을 사라지게 했다고는 해도 말이다.

누가 들으면 절대 믿을 이야기가 아니었다.

'이 씨팔! 그 어떤 놈이든 그런 고통을 한번 겪어보라지. 견딜 재간이 있는가. 거기에 저자의 저 소름 끼치는 미소라니… 어흐으…….'

리더는 속으로 이런 생각을 하며 스스로를 정당화하고 있었다. 차라리 목에 검을 대고 죽인다고 협박했다면 절대 이런 식으로 굴복하지는 않았을 터였다. 그 점은 이곳에 있는 모두의 공통된 생각이었다. 그런데 그가 이렇게 쉽게 정보를 뱉은 데에는 나름대로의 계산이 숨어 있었다.

"왜 크리스티안 왕자가 듀렌 경을 잡아오라고 한 거지?"

"그, 그건 저도 잘 모릅니다."

이처럼 진짜 중요한 내용은 모르는 척 발뺌을 하기 위함이었다.

"흐음… 잘 모르시겠다? 그렇다면 알게 해드려야지."

꾹!

"끄아아악~! 잘, 잘 못했습니다! 용서해 주십시오."

하지만 그는 상대를 잘못 골라도 한참 잘못 골랐다. 숀이 누구인가? 전생에서 염라대왕보다 무섭다고 정평이 나 있던 고금제일살수가 아니던가. 그런 그의 앞에서 잔머리를 굴리는 것은 화약을 지고 불구덩이로 들어가는 것보다 더 어리석은 짓이라고 할 수 있었다.

"만일 또 한 번 거짓말을 한다면 진짜 지옥이 어떤 것인지 제대로 느끼게 해준다고 약속하지. 알았나?"

"네네! 명심하겠습니다!"

지금 당해본 것만 해도 소름끼칠 지경인데 그보다 더한 고통이 있는 것처럼 말을 하지 않는가. 그 한마디가 리더의 마지막 자존심마저 제대로 앗아가고 있었다.

그리고 곧 묻지 않았던 내용까지 술술 불기 시작했다.

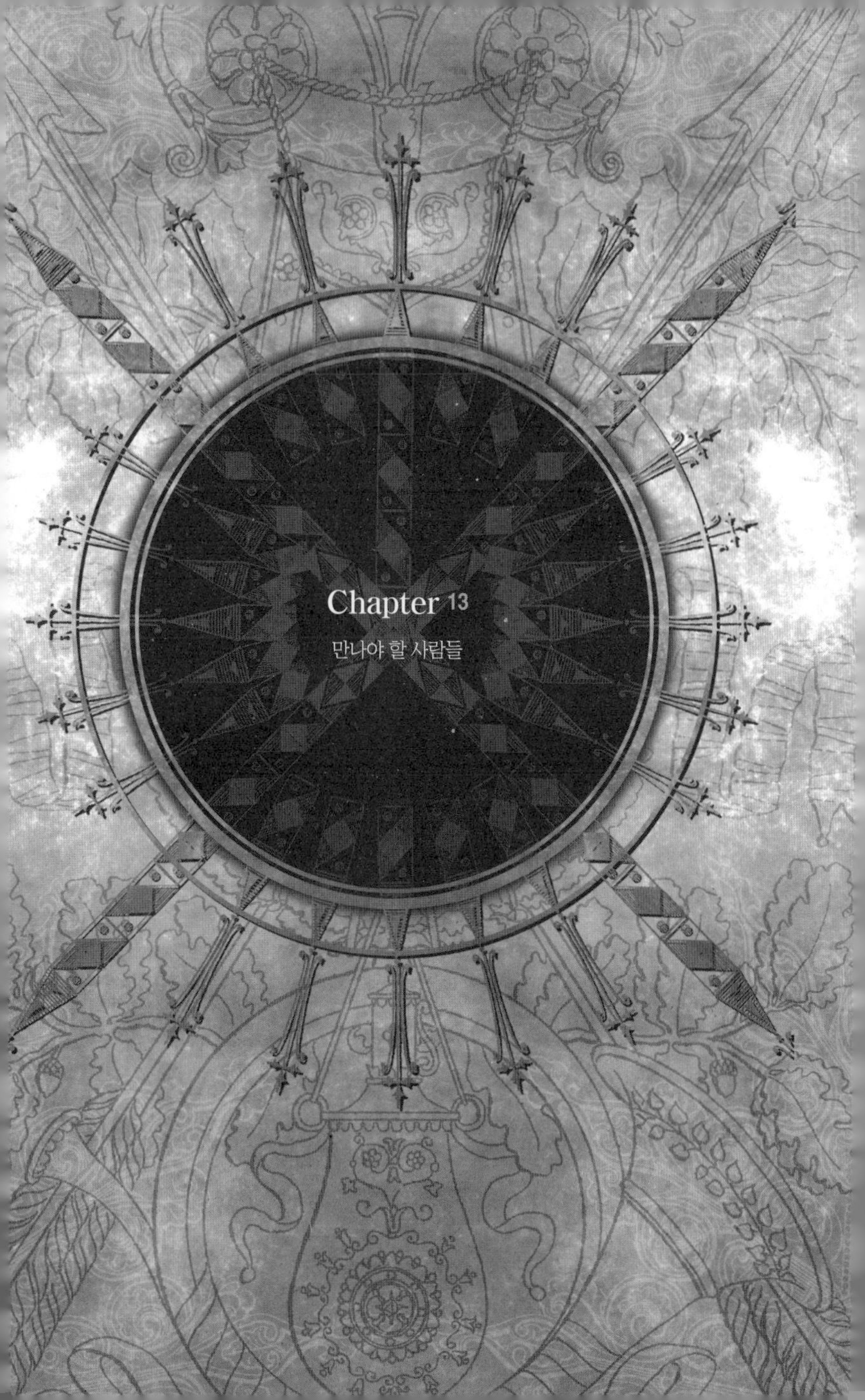

Chapter 13

만나야 할 사람들

1

또다시 마차는 달리고 있었다. 내부에는 듀렌과 그의 두 아들 그리고 숀이 앉아 있다. 숀이 테우신 성에 다녀오기 전과 거의 비슷한 광경이었지만 그때와는 확연히 달라진 것이 하나 있었다. 그건 바로 듀렌과 그의 아들들이 숀을 바라보는 눈빛이다.

불과 얼마 전까지는 마치 강가에 내놓은 어린아이를 바라보는 눈빛이었다면 지금 그들의 눈빛에는 감탄과 존경 그리고 간간히 두려움까지 내비치고 있었다.

"저기… 도련님."

"네?"

"아까 어떻게 하신 건지 여쭈어봐도 괜찮을까요?"

결국 듀렌이 궁금증을 참지 못하고 조심스럽게 묻자 숀이 그의 그런 모습이 재미있었던지 크게 웃으며 대꾸했다.

"하하! 이것 보세요, 듀렌 경. 나는 그렇게 무서운 사람이 아닙니다. 그러니 부담스럽게 그런 식으로 말씀하지 마십시오. 지난번처럼 편안하게 대하셔도 괜찮습니다. 그리고 그까짓 게 뭐 그리 큰 비밀이라고 말을 못 해주겠습니까?"

"죄송합니다. 워낙 믿기 힘든 광경을 봐서요. 사실 '시크릿 블러드(Secret blood)'는 우리 왕국 최고의 어쌔신 조직이라고 할 수 있습니다. 그렇게 무서운 집단의 에이급 어쌔신들을 간단하게 제압했을 뿐 아니라 그들에게서 정보까지 캐내셨으니 실로 놀라울 따름입니다."

'시크릿 블러드'는 아까 듀렌 등을 공격했던 복면인들이 속한 어쌔신 조직이었다. 듀렌도 그들이 시크릿 블러드 소속이라는 사실을 몰랐었는데 숀 덕분에 알 수 있었다.

그들의 리더가 죄다 말했으니 모를 리가 있겠는가. 아무튼 어쌔신들은 기사들조차 상대하기 꺼려하는 자들이다.

그들은 무척 악랄하고 집요한 데다가 그 수법이 징그러울 정도로 괴이신랄(怪異神剌)했다. 그러다 보니 기사보다 기본 실력은 조금 부족해도 오히려 기사가 당하는 경우가 더 많았다. 한마디로 누구든 그들과는 함부로 싸우려고 하지 않는다는 말이다. 그러나 숀은 그런 어쌔신들을 마치 어린아이 다루듯이 한 데다가 기이한 고문을 가해 순식간에 모든 사실을 말하게 만들었다. 그러니 기가 막힐 수밖에…….

"그 정도 가지고 놀라시다니… 이거 은근히 걱정되는데요? 아직 놀랄 일이 많거든요."

오늘 숀이 보여준 능력은 그의 능력의 백분의 일도 되지 않았다. 겨우 그것만으로 놀란다면 나중에는 심장이 멈출 수도 있을 정도다. 하지만 아직 거기까지 알 수 없는 듀렌은 결국 걱정이 되었는지 질문을 던졌다.

"대체 무슨 수법을 쓰셨는지 그게 가장 궁금합니다. 특히 처음 나타나셨을 때는 검을 쓰지도 않은 채 그들을 모두 순식간에 제압하셨잖습니까? 그리고 그들을 그냥 그렇게 두어도 괜찮을지요? 행여 그들이 그곳을 빠져나가 크리스티안 왕자에게 돌아가면 자칫 도련님마저 위험해질까 걱정이 됩니다."

"그건 마나의 기운을 손끝에 모았다가 한순간에 튕겨 보낸 겁니다. 급할 때는 매우 유용한 방법이라고 할 수 있지요. 그리고 그놈들은 신경 쓸 필요 없습니다. 내가 손에 피 묻히는 것을 좋아하지 않아서 그냥 마비만 시켜놓았을 뿐이거든요. 내가 아니면 절대 그것을 풀 수 없습니다."

둘의 얘기로 미루어보니 숀은 어쌔신 무리들을 아까 그곳에 그냥 두고 온 모양이다. 그것도 혈도를 짚어놓은 채 말이다. 어쨌든 숀의 설명에 듀렌은 더욱 믿을 수 없다는 듯 되물었다.

"마나를 체외로 쏘아낼 수가 있다고요? 설, 설마요……."

그는 지금 어쌔신들의 처리 문제보다 지풍의 원리가 더욱 궁금한 것 같았다. 이런 이야기는 금시초문인 데다가 마나를 다룰 줄 아는 사람으로서 그런 일은 아예 불가능하다고 생각했기에 더 그랬다.

"알고 보면 간단한 원리죠. 하지만 처음부터 저에게 마나 수련 방법을 배우지 않으면 불가능할 겁니다."

"아… 그게 진짜로 가능하긴 한 것입니까? 저는 괜히 하시는 말씀인 줄 알았거든요."

"다시 한 번 보여줄까요?"

"아닙니다. 괜히 제가 자꾸 각하를 번잡스럽게 하고 있군요. 아참, 그나저나 정식으로 인사를 올리겠습니다. 아돌프, 안톤. 이쪽으로 와서 서라."

"네!"

마부의 솜씨가 좋은지 마차 안은 흔들림이 적어 편안했다. 그 덕분에 듀렌과 그의 아들들은 숀의 앞에 제대로 서 있을 수 있었다.

“갑자기 무엇을 하려고 그러시는 겁니까?”

“부족한 저희 부자를 구해주셔서 진심으로 감사드립니다, 각하!”

“감사합니다, 각하!”

넙죽!

엄숙한 표정으로 숀의 앞에 서 있던 듀렌 부자가 동시에 바닥에 엎드리며 감사의 말을 전했다. 숀의 입장에서는 그리 반가운 행동은 아니다. 그렇다고 피할 수도 없는 노릇이다. 그랬다가는 기사로서 모욕을 당했다고 오해할 수도 있는 탓이다.

“허어, 이것 참… 알았어요. 어서들 일어나세요. 당신들이 멀쩡해야 내가 그만큼 편할 것 아닙니까? 결국 나를 위해 그렇게 한 것뿐이니 인사는 이쯤 해도 됩니다.”

“알겠습니다. 그럼…….”

숀이 농담식으로 말을 하고 나서야 듀렌 부자는 일어섰다.

“아, 생각난 김에 듀렌 경께서 걱정하는 일이 얼마나 부질없는 것인지나 알려 드려야겠군요. 안톤, 앞으로 나오시오.”

“네!”

갑자기 안톤을 불러낸 숀이 그에게 다가갔다.

"이 사람이 아까의 그 어쌔신이라고 가정하고 내가 일단 아까처럼 제압을 해보겠습니다. 안톤, 그렇게 해도 괜찮겠소? 물론 다치거나 크게 아프지는 않을 거요."

"물론입니다, 도련님!"

안톤은 속으로 겁이 났지만 아무렇지도 않은 듯 호기롭게 대답했다. 그러자 숀이 그의 신체 두 곳을 슬쩍 찔렀다. 마치 장난을 치는 것 같은 분위기다. 그러나…….

"……."

"다들 와서 안톤의 상태를 체크해 보세요."

"안톤아."

"이봐, 아우!"

숀의 말에 듀렌과 아돌프가 안톤의 앞으로 다가와 그를 불렀지만 안톤은 멀쩡하게 눈만 뜬 채 대답을 하지도, 움직이지도 못하고 있었다. 숀이 마혈과 아혈 둘 다 점해놓았기 때문이다.

흔들흔들.

"안톤아, 너 괜찮은 거냐?"

"아버지, 안톤이 그냥 돌처럼 굳은 것 같아요."

"허어, 그러게 말이다. 도련님, 이게 어떻게 된 일입니까?"

이리저리 아무리 살펴보아도 두 사람은 안톤이 어째서 움직이지 못하는지 알 수가 없었다. 그러다 보니 점점 안색이 파리해져 갔다. 안톤에게 심각한 일이 발생했다고 여긴 탓이다.

“후후, 지금 그 어쌔신들이 안톤과 같은 상태로 있는 것이지요. 어때요? 그를 원래대로 돌릴 수 있을 것 같은가요?”

“되돌리기는커녕 어찌된 영문인지도 모르겠습니다. 이런 경우는 처음 보거든요.”

손의 말에 듀렌이 여전히 걱정스러운 눈빛으로 안톤을 바라보며 대꾸했다. 그가 얼마나 아들을 사랑하는지가 느껴지는 장면이다.

“자, 그럼 다시 정상으로 만들어보죠.”

탁!

“아, 제, 제게 방금 무슨 일이 일어났던 거죠?”

“안톤! 너 괜찮은 거냐?”

이번에는 손이 그저 그의 어깨 쪽을 가볍게 친 것이 전부였다. 그런데 겨우 그것만으로 안톤은 다시 정상으로 돌아왔다.

“너무 이상한 체험을 한 것 같아요. 형이나 아버지께서 움직이고 말씀하시는 것은 다 보고 들을 수 있었는데도 저는 꼼짝도 하지 못하겠더라고요. 말도 나오지 않고요. 정말 신기하면서도 두려웠습니다.”

"허어… 세상에 이런 기술이 다 있었다니……. 도련님께서는 정녕 대단한 분이십니다."

"이제 제 말을 믿을 수 있겠지요?"

"믿고말고요! 도련님께 이런 능력이 있다는 것이 얼마나 든든하고 기쁜지 모르겠습니다. 과연 루카스 왕자님이십니다. 이렇게 믿음직한 아드님을 두셨으니 말입니다. 허허허……."

어떻게 그런 능력을 얻었는지는 중요하지 않았다.

듀렌에게는 숀이 자신의 한 몸을 지킬 수 있음을 확인한 것만으로도 마냥 기쁘기만 했다.

"그럼 이제부터 제가 시키는 대로만 따라오십시오. 앞으로 일 년 안에 그동안 여러분들께서 당한 수모를 되갚아 드릴 테니까요. 아울러 나의 부모님을 괴롭혀 온 자들에게 본때를 보여줄 생각입니다. 그게 얼마나 큰 잘못이었는지 두고두고 후회하도록 말입니다."

"믿겠습니다, 왕손 각하!"

척척!

숀의 이 말에 듀렌과 그의 아들들은 그 자리에 한쪽 무릎을 굽히며 고개를 숙였다. 앞으로 무조건 그를 따르겠다는 뜻이 담겨 있는 행동이다. 그리고 그러는 사이에도 마차는 쉬지 않고 달리고 있었다. 바로 케니스 자작의 성을 향해서 말이다.

2

숀이 사방팔방으로 뛰어다니며 서두르는 것에는 다 이유가 있었다. 자신의 할아버지이자 이 나라의 국왕인 루드리히 2세의 말에 의하면 최근 일왕자 바스티안과 이왕자 크리스티안의 움직임이 심상치 않다고 한다. 한마디로 이제는 시간이 그리 많지 않다는 뜻이다.

그가 비록 병석에 누워 있다고는 하나 아직 그에게는 정보를 전해주는 것은 물론 음지에서 암암리에 그에게 충성을 다하는 신하들이 남아 있었다.

그리고 그들은 특히, 두 왕자의 움직임에 모든 촉각을 곤두세우고 있는 터라 이런 정보는 충분히 믿을 만했다.

다그닥다그닥~!

“멈추시오! 어느 분의 방문이신지 먼저 밝히시오!”

“나는 기사 듀렌이다. 케니스 자작님을 만나러 왔으니 어서 성문을 열어라!”

“어서 오십시오, 듀렌 기사님. 바로 열겠습니다. 성문을 올려라!”

그그그긍!

몇 번 왔었는지 성문 경비대장은 듀렌을 금방 알아보고는 바로 문을 열도록 지시했다.

그렇게 숀과 듀렌의 일행이 안으로 들어서자 기사와 병사 몇 명이 빠르게 다가왔다.

"어서 오십시오! 듀렌 기사님. 그렇지 않아도 지금 영주님께서 기다리고 계십니다. 이쪽으로 오시지요."

"허허, 역시 케니스 부총사님답군요. 우리가 오는 시간을 거의 비슷하게 예측하시다니……."

"그러게 말입니다. 이거 은근히 기대되는데요?"

함께 마차에서 내린 듀렌과 숀이 이런 대화를 나누며 안내를 나온 기사의 뒤를 따라갔다. 얼마 가지 않아 곧 관사의 커다란 문이 나타났다.

"충성!"

"어서 문을 열어라. 귀한 손님이 오셨다."

"네!"

기사의 한마디에 경비병이 바로 관사의 문을 열었다. 그러자 바로 그 뒤에는 놀랍게도 케니스 자작이 직접 마중을 나와 있었다.

"어서 오십시오, 듀렌 경! 무사히 오셔서 정말 기쁩니다! 헛, 그런데 당신은……."

"하하, 안녕하십니까? 오랜만에 뵙는군요."

"오! 숀 님이 맞군요. 이렇게 귀한 분이 오시다니… 가만, 그런데 어떻게 두 분이 함께 오신 거죠? 이거 참 신기한 일이네요."

케니스 자작은 인사를 하다 말고 숀을 발견했다. 처음에는 긴가민가하는 것 같더니 숀이 자신을 보고 살짝 웃자 그제야 확신을 하는 것 같았다. 그러면서 의아해하기도 했다. 듀렌과 숀이 만날 확률이 워낙 희박해서이다. 물론 그건 듀렌도 마찬가지였다. 숀과 케니스가 만날 확률도 그리 높은 편은 아닐 테니까 말이다.

"자, 일단 들어가서 이야기를 나눕시다. 말도스 공작님께서 오시기 전에 미리 드릴 말씀이 있거든요."

"이런, 내 정신 좀 봐. 어서 안으로 들어가지시요."

듀렌의 아들들과도 인사를 나눈 케니스 자작은 일행을 자신의 집무실로 안내했다.

"차부터 한잔하시지요."

"감사합니다."

안으로 들어서자마자 기다리고 있었다는 듯 하녀들이 차를 내다 주었다. 정말 준비성이 철저한 사람이다. 이런 사소한 것까지 미리 챙겨주는 것을 보면 말이다.

"그나저나 숀 님께서는 이곳까지 어쩐 일이십니까? 렌탈 남작은 지금 테우신 성에 있는 것으로 알고 있는데……."

"저도 그곳에서 오는 중입니다. 듀렌 경께 볼일이 있어서요. 그런데 갑자기 이곳까지 오게 될 줄은 몰랐습니다."

케니스 자작은 듀렌보다 숀에게 먼저 말을 걸었다.

그가 소드 마스터에 육박하는 실력자임을 알기에 당연히 신경이 쓰일 수밖에 없었던 것이다. 그 정도의 실력자가 어느 쪽으로 붙느냐에 따라 정세의 판도마저 바뀔 수 있기 때문이다.

"허어… 그럼 듀렌 경도 테우신 영지에서 이분을 만난 겁니까?"

"아닙니다. 저는 그분의 처소에서 만났습니다. 오히려 렌탈 영지에서 더 가깝다고 할 수 있지요."

"어디서 만났든 그게 뭐 그리 중요하겠습니까? 어쨌든 이렇게 모인 것이 중요하겠죠. 안 그래요?"

"그, 그야 그렇지요."

결국 숀이 나서서 상황을 정리한 뒤에야 케니스는 숀이 어디서 왔는지 더 이상 질문하지 않았다. 그의 말대로 그게 중요한 것은 아니지 않은가.

"그런데 두 분은 대체 어떻게 알고 계신 것입니까?"

"제가 전에 렌탈 영지에 간 적이 있었습니다. 그때 호위 기사 대장이었던 마커스와 여기 계신 숀 님이 대결을 펼쳤었지요."

"헛! 마커스 기사라면 혹시 '불새 기사단'의 단주 아닙니까?"

"그렇습니다. 우리 왕국 내에서는 제법 실력 있는 기사로 정평이 나 있는 사람이지요."

"그, 그래서 결과가 어떻게 되었습니까?"

칼론 왕국에서 근위대의 핵심 기사인 마커스를 모른다면 스파이 취급을 당할 정도다. 그만큼 그는 실력 있는 기사로 유명했다. 그런 자와 숀이 싸웠다고 하니 듀렌 부자가 궁금해하지 않을 수 없을 터……. 그들은 일제히 케니스의 다음 말을 기다렸다.

"어떻게 되었느냐고요? 허허허, 그야 당연히 아예 상대조차 되지 않았죠. 어린아이와 어른의 싸움보다도 싱거울 정도였으니까요."

"허어… 그럼 설마 마커스 기사가 숀 님을 상하게 했다는 말씀이십니까?"

케니스의 말에 듀렌이 큰일이라도 난 듯 되물었다. 그는 며칠 전 숀이 어쌔신들을 간단하게 제압한 것을 겪어보고도 설마 그가 마커스까지 이길 수 있을 거라고는 생각지 못했던 것이다.

"네에? 허허허… 듀렌 경. 지금 잠꼬대하시는 겁니까? 어쩌면 숀 님은 왕국 최초의 소드 마스터일지도 모르는 분이십니다. 그런 분을 누가 감히 이길 수 있겠습니까? 아무리 마커스가 대단한 기사라지만 그는 이분의 옷자락 하나 건드리지 못했습니다. 숀 님께서는 검을 쓰지도 않았는데 말입니다."

"허억! 그, 그럴 수가……. 그럼 그날 있었던 일은 정말 모두 숀 님 혼자 하신 일이었군요. 솔직히 저희들은 조금 전까지만 해도 당시 주변에 '나이트 홀릭' 형제분들이 숨어서 은밀히 숀 님을 도와주었다고 생각했었습니다. 정말 죄송합니다!"

가만 보니 듀렌 부자는 큰 착각을 하고 있었다. 하긴 이제 겨우 스무 살을 갓 넘긴 숀의 실력이 그렇게까지 엄청날 것이라고 믿기는 쉽지 않았을 터였다.

게다가 숀이 테우신 성에 다녀온다고 할 때 나이트 홀릭 형제들이 호위한다는 말을 했던 것이 결국 그들의 착각에 더욱 부채질을 했을 터였다.

"괜찮습니다. 가만히 돌이켜 보니 듀렌 경께서 그렇게 생각하는 것이 당연할 수도 있었겠네요. 하지만 지금 그런 것이 무슨 문제겠습니까? 이제 그런 이야기는 그만하기로 하고 어서 본론으로 들어갑시다."

"저기, 숀 님."

"네?"

"본론으로 들어가기 전에 한 가지만 더 물어봐도 되겠습니까?"

"말씀해 보십시오."

숀의 말에 이번에는 케니스 자작이 말문을 열었다. 그 역시 궁금한 것이 많은 모양이다.

"렌탈 남작과 크롤 백작님이 테우신 영지를 점령할 때 그곳에 숀 님도 함께 계셨었습니까?"

"당연하지요. 그런데 그건 갑자기 왜 물어보십니까?"

"허어, 역시 그랬군요. 그들이 아무리 손을 잡았다고는 하나 솔직히 그들만으로는 절대 테우신 영지를 함락할 수 없었을 거라는 게 대부분의 생각이었거든요. 결국 불가능을 가능케 한 배후에는 숀 님이 계셨을 거라는 추측은 하고 있었습니다만……."

거리가 멀리 떨어져 있는 작은 영지의 병력이 원정을 나가서 자신들보다 큰 규모의 영지를 점령한다는 것은 이론상으로 불가능하다. 그리고 실제로도 그런 사례는 칼론 왕국 역사상 단 한 번도 없었다.

그런데도 렌탈 영지와 크롤 영지의 연합군은 공격을 개시한 지 불과 며칠 만에 불가능을 가능케 만들어 보였다.

케니스 자작은 그게 모두 숀의 능력이라는 것을 확인해 보고 싶었던 것이다. 소드 마스터가 없었다면 말이 안 되는 결과이니 말이다.

"케니스 자작님. 지금 그것보다 더 중요한 이야기가 있습니다."

두 사람의 이야기를 듣고 있던 듀렌이 마침내 말을 꺼냈다. 지금 하려는 말이야말로 그들이 이곳까지 오게 된 가장 큰 이유라고 할 수 있었다.

"그게 뭡니까?"

"바로 숀 님의 진짜 정체입니다."

"네? 그건 또 무슨 말씀이십니까? 숀 님의 진짜 정체라니요?"

"숀 님이 바로 루카스 왕자님의 아드님이십니다."

벌떡!

"뭐, 뭐라고요! 그, 그게 사실입니까?"

순간, 케니스가 자리에서 벌떡 일어나며 외쳤다.

Chapter 14

애정

1

칼론 왕국의 국민들이 가장 사랑했던 왕자가 바로 루카스였다. 어른들은 지금도 술을 한잔 걸치면 그 이름을 거론하며 한탄을 하면서 그리워할 정도다. 그런 루카스 왕자에게 아들이 있었다는 사실만으로도 세상이 발칵 뒤집힐 판인데 그 아들이 소드 마스터라니……. 이건 바스티안이나 크리스티안 두 왕자의 입장에서 보면 그야말로 재앙이나 마찬가지인 이야기였다.

물론 반대의 입장에 있는 케니스 자작이나 말도스 공작 그리고 듀렌 등에게는 커다란 희망의 빛이 나타난 것과 같은 상황이라고 할 수 있었다.

"이렇게 되면 결국 말도스 공작과의 이야기가 가장 중요한 변수가 될 수 있겠구나. 흐음… 지금 그를 만나러 갈 수도 있지만 일단 테우신 성으로 돌아가서 그의 행보를 먼저 지켜보도록 하자."

아쉽게도 말도스 공작은 케니스 성에 오지 않았다.

대신 비밀리에 밀사만 한 명 보냈을 뿐이다. 그에 따르면 공작은 최근 두 왕자의 의심을 받기 시작해서 함부로 움직일 수 없다고 한다. 숀의 입장에서는 맥 빠지는 이야기였지만 그렇다고 실망할 이유는 없었다.

원래는 그를 일왕자의 사람으로 알고 있지 않았던가. 그랬는데 적이 아니라 아군이라고 하니 그것을 안 것만으로도 큰 도움이 될 수 있었다.

"휴우… 돌아가면 오랜만에 파비앙을 만나봐야겠어. 지난번에는 너무 바빠 짐머만 영지에 들를 틈도 없었으니……."

소피아와 황홀한 시간을 보내기는 했지만 그의 마음을 가장 많이 차지하고 있는 사람은 역시 파비앙이었다.

그녀는 짐머만 영지를 차지하기 위해 출동한 이후 아직도 그곳에 머물고 있었다. 테우신 영지보다는 규모가 훨씬 작지만 그렇다고 그곳을 그냥 방치할 수는 없었기 때문이다.

사실 숀은 파비앙이 아직 어리다고 생각해서 거리를 두고 있는 것뿐이지 그녀가 소피아보다 못해서 소홀하게 대하는 것은 절대 아니었다.

어쨌든 그녀의 모습을 떠올리자 숀은 갑자기 마음이 급해졌다.

"안 되겠다. 일단 서둘러서 가자!"

팟!

숀이 바닥을 힘껏 차고는 순식간에 장내에서 사라져 버렸다.

"타앗!"

슈슉~ 챙! 챙챙!

"웁스!"

주춤주춤.

"전투 중에 물러나는 사람은 기사라고 할 수 없습니다! 더 적극적인 자세로 임하세요!"

"알겠습니다!"

숀이 짐머만 영지를 향해 출발한 그 시각, 파비앙은 짐머만 성안에서 기사들과 병사들을 훈련시키고 있었다. 이곳을 점령한 이후 테우신 성으로 복귀했던 그녀는 최근 다시 이곳으로 돌아와 있었다. 렌탈 남작과 크롤 백작이 테우신 영지를 정비하는 일로 너무 바쁜 탓에 이곳의 최고 책임자이자 임시 성주로 그녀가 지목되었기 때문이다.

기사 대장 벨룸이 내내 이곳을 지키고 있기는 했지만 그렇다고 그를 임시 성주로 세울 수는 없는 노릇이었다. 아무리 임시라고는 해도 성주는 귀족이 맡아야 했기 때문이다. 그래서 어쩔 수 없이 그녀가 올 수밖에 없었던 것이다.

그랬기에 그녀는 틈만 나면 지금처럼 기사들을 대련하게 하고 그 모습을 보면서 그들의 잘못을 지적해 주고 있었다.

불과 일이 년 전만 해도 순진했던 소녀가 실로 엄청나게 달라진 모습이다.

"이얍!"

채엥!

"윽!"

그녀가 보고 있는 가운데 한 명의 기사가 상대의 갑작스러운 공격에 놀라 하마터면 검을 떨어뜨릴 뻔했다.

"안 되겠군요. 기사 세이론과 거기 세 분 모두 나와 겨루어 보도록 해요. 어째서 그렇게 자꾸 당하는지 내가 직접 알려주겠어요."

"알, 알겠습니다."

파비앙이 볼 때 이들은 모두 뭔가 어설프게 느껴졌다.

유리한 쪽이나 불리한 쪽이나 둘 다 말이다. 그래서인지 그녀는 결국 자신이 직접 나섰다. 그러고는 무려 네 명의 기사와 대치했다. 그들이 비록 병사에서 기사로 올라선지 얼마 되지 않은 자들이지만 그래도 명색이 마나를 다룰 줄 아는 실력자들이다. 그런데도 네 명이나 상대할 생각을 하다니… 실로 놀라울 따름이었다.

“연습이라고 대충 하면 큰코다칠 것이다. 무조건 실전이라고 생각하고 덤벼라. 무슨 말인지 알겠지?”

“알겠습니다!”

원래 얌전했던 사람이 돌변하면 더 무서운 법이다.

최근 파비앙이 그랬다. 그녀는 시간이 흐를수록 철의 여전사라는 별명에 걸맞게 엄청난 무위와 정신력을 보여주고 있었다. 그랬기에 그녀가 아무리 아름다워도 병사들이나 기사들은 그녀를 절대 여자로 생각하지 않았다. 여자보다는 전사로 보였기 때문이다.

“와라!”

“타핫!”

“이야압!”

탁탁탁!

파비앙을 가운데 두고 네 명의 기사가 무서운 공격을 퍼붓기 시작했다. 그녀가 지시했던 대로 최선을 다한 공격이다. 동서남북 사방을 모두 차단한 채 날아드는 검은 곧 그녀를 벨 것처럼 보였다. 그런데…….

"이얍!"

휘리릭~ 챙챙! 퍼억~!

"욱!"

털석!

그녀의 몸이 갑자기 회전을 하면서 북쪽 방향에서 달려오는 자의 검을 그대로 쳐 내면서 동시에 검의 손잡이 쪽으로 그 기사의 면상을 때렸다. 순간, 그는 짧은 비명과 함께 그 자리에 주저앉고 말았다. 그러나 그게 끝이 아니었다.

"야합!"

빙글~ 콰르르르~ 창! 차창!

"헉! 위… 켁!"

"끄륵!"

"욱!"

한 사람이 쓰러지는 것을 보고 당황한 나머지 기사들에게 곧장 달려간 파비앙이 그들을 동시에 공격했다. 그 동작이 어찌나 빠르고 예리하던지 그들은 모두 그녀의 검 면으로 얻어맞고 순식간에 대자로 뻗고 말았다.

바로 그 순간, 숀이 나타나 박수를 쳐 주며 엄살을 부렸다.

짝짝짝짝.

"정말 대단하오. 이제 나까지 당신이 두려워질 정도요."

"아! 주, 주군!"

순간, 파비앙은 하마터면 그대로 달려가 그의 품에 안길 뻔했다. 그만큼 반가웠던 것이다.

"정말 놀랍소. 그 짧은 시간에 벌써 소드 익스퍼트 중급 마스터 수준까지 올라서다니. 이제 일대일로 싸우면 그대의 아버지까지 이길 수 있을 것 같소."

"아직 멀었습니다. 그러니 너무 그렇게 칭찬만 하지 말아 주세요. 그것보다는 어디가 부족한지 지적을 해주시는 게 제게는 더 큰 도움이 될 것입니다."

"정말 어디가 부족한지 듣고 싶은 거요?"

"물론입니다."

실력이 뛰어난 기사일수록 한마디라도 좋으니 손의 가르침을 받고 싶어 했다. 때로는 그 한마디로 인해 깨달음을 얻을 수도 있기 때문이다. 그리고 그 깨달음 한 번으로 검술의 단계를 단숨에 한 단계 이상 끌어 올릴 수도 있었다.

파비앙은 최근 들어 그것을 알 수 있었다. 그녀 역시 그만큼 수준이 높아졌다는 뜻이다.

"좋소. 그럼 나와 함께 조용한 곳으로 갑시다. 아무래도 여기보다는 깊은 산중에서 검을 휘두르는 것이 나을 것 같으니까 말이오."

"알겠어요. 주군께서 가자고 하면 어디든 따라갈 각오가 되어 있으니 어디로 가야 하는지만 말씀해 주세요."

"그럼 이곳을 정리하고 바로 나갑시다."

"네!"

그녀는 순수한 마음으로 대답했지만 숀의 입가엔 이상하게도 침이 슬쩍 흐르고 있었다. 또 속으로 뭔가 엉큼한 생각을 하는 모양이다.

"기사 하인리, 기사 크누센!"

"네! 단장님!"

"나는 주군과 함께 훈련을 하고 올 것이니 그대들이 남은 훈련을 인솔하시오."

"명을 받들겠습니다!"

파비앙이 지시를 내리자 하인리와 크누센이 힘차게 대꾸했다. 그들은 이제 누가 봐도 기상이 늠름한 기사의 모습을 하고 있었다. 그들을 면밀히 살펴보아도 이들이 정말 한때 그냥 평범했던 영지군이었는지 믿어지지 않을 정도다.

"이제 가시죠."

"알겠소. 그럼 잠시 실례하겠소."

와락!

"어머나!"

말이 끝나기 무섭게 숀이 파비앙의 허리를 바짝 끌어안

았다. 워낙 부지불식간에 일어난 일이라 그녀는 자신도 모르게 비명을 지르고 말았다.

그 소리에 놀란 기사들이 다시 그녀 쪽을 바라보았을 때는 이미 그들은 그 자리에서 사라진 후였다.

"그, 그새 어디로 가신 거지?"

"이런 멍청한 친구를 보았나. 자네는 지금까지 우리 주군을 봐왔으면서도 아직 그분의 마음을 모르는 겐가? 어딘 어디를 가셨겠어? 보나마나 둘이 있으면 분위기가 확 살아나는 좋은 곳으로 가셨겠지. 그런 것은 신경 쓰지 말고 어서 저 녀석들이나 제대로 돌려보자고. 그래야 철의 여전사님께서 다시 오셔도 덜 깨질 것 아닌가."

그 상황을 보고 기사 크누센이 얼빠진 소리를 하자 하인리가 그런 그에게 핀잔을 주듯 말했다. 그러면서 역시 파비앙의 옆에는 숀이 있어야 그림이 제대로 나온다는 사실을 새삼 깨달았다.

2

이제 파비앙은 숀에게 안겨 날아가는 것에 꽤 익숙해졌다. 아직도 심장이 쿵쾅거리고 호흡이 가빠지기는 했지만 최소한 처음처럼 겁에 질리는 일은 없었다.

좌아아아~!

"이쯤이 좋겠군."

슈욱~ 척!

"아… 여기가 어디죠? 정말 아름답네요."

손이 착지를 하자 그녀는 자신의 빨개진 얼굴이 들킬까 두려워 얼른 그의 품을 벗어나며 물었다. 그렇게 말을 해놓고 보니 진짜로 풍경이 무척 아름답기는 했다. 폭포수까지 떨어지고 있는 계곡은 한 폭의 그림 같았던 것이다.

"여기가 어디인지는 나도 잘 몰라. 단지, 맑은 계곡물이 흐르고 공기가 깨끗해 마나를 운용하기에는 최적의 장소인 것 같아서 멈춘 것뿐이거든."

대답은 이렇게 점잖게 하고 있었지만 그의 속마음은 조금 달랐다.

그는 속으로는 연신 히히거리며 좋아하고 있었다.

'흐흐… 여기서 사람이 사는 인가까지는 최소 10킬로미터는 될 거야. 그런데다가 숲이 깊어서 올 사람도 전혀 없을걸? 이런 장소라면 그녀와 으흐흐흐…….'

"저기… 주군."

"네? 아니 참, 응. 너 그 호칭 말고 다른 거로 부르기로 했잖아. 다른 거……."

"아, 오… 빠."

"헤에, 응! 응!"

지난번 함께 차를 마신 이후부터 두 사람만 있을 때면 호칭을 오빠라고 하기로 정했었다. 말도 편하게 하기로 했고 말이다. 촌은 그것을 상기시켰고 파비앙도 얼른 그렇게 불렀다. 그게 더욱 그의 기분을 업(Up)시키고 있었다.

"지금 입가에 흐르고 있는 거… 혹시 침 아니야? 아니겠지?"

"츄르릅~! 그, 그럴 리가 있겠어? 이건 그냥 급히 날아오다 보니 이곳에서 튀어 오르고 있는 폭포수에 살짝 닿아서 그런 걸 거야. 흠흠……."

위에서 아래로 떨어지는 물줄기가 하늘을 날아오는 촌에게까지 튀었다는 것은 말이 되지 않았다. 하지만 그의 말이라면 의심을 하지 않는 파비앙인지라 다행히 그의 어처구니없는 핑계가 먹히고 있었다.

"아, 그럴 수도 있겠구나. 호호호. 그러면 그렇지 명색이 주군이신데 설마 아무 때나 그렇게 침이나 흘리고 다닌다는 것은 말이 안 되겠지. 나이가 몇 살인데… 나도 참 바보 같다니까."

"그, 그렇고말고."

대답을 하면서도 촌은 뜨끔했다. 이처럼 순진한 여자에게 거짓말을 한 것이 찔린 탓이다.

“그런데 여기서 어떤 수련을 시켜줄 건데?”

‘우리 여기서 남녀의 진정한 기쁨을 위한 수련을 해보는 것은 어떨까?’ 라고 손은 대꾸하고 싶었다. 그러나 파비앙의 해맑은 미소를 보는 순간, 차마 그런 말을 꺼낼 용기가 나지 않았다.

“아까 보니 네 검법 실력은 조금 더 발전한 것 같은데 마나 운용이 약간 미숙하더라고. 그래서 그 부분을 고쳐 주려고.”

“역시… 아무도 눈치채지 못한 내 약점을 오빠는 그 짧은 시간에 잘도 찾아냈네. 그런데 그게 그렇게 쉽게 고쳐질까? 나도 틈나는 대로 수련을 했는데 잘 안 되더라고.”

속으로는 별별 음흉한 생각을 다 하면서도 손은 파비앙의 문제점을 정확히 짚어주고 있었다. 그런 면에서는 확실히 난놈이었다.

“그게 왜 그런지 알아?”

“그걸 알면 벌써 고쳤게?”

“하하! 그건 그렇구나. 좋아, 그럼 내가 알려줄게. 그건 말이야, 바로 너의 욕심이 과해져서 그런 거야. 원래 인간이란 능력이 높아지면 높아질수록 욕심도 커지는 법이거든. 특히, 지금 너처럼 익스퍼트 상급을 코앞에 두게 되면 교만해지면서 욕심은 한껏 늘어나거든.”

숀이 이렇게 말을 하자 파비앙은 고개를 푹 떨구고 말았다. 그의 말이 모두 맞는 모양이다.

"하아, 오빠 말을 듣고 보니 진짜 그런 거 같네. 나는 지금까지 스스로는 별 욕심이 없다고 생각했었거든. 그런데 요즘 들어 자꾸만 마나가 더 늘어났으면 좋겠다는 생각이 들더라고. 그건 수련을 할수록 더 그랬던 거 같아. 그럼 결국 그 욕심이 내 수련을 방해했다는 거잖아?"

"맞아. 원래 검술 실력이 높아지면 높아질수록 정신적인 부분이 가장 중요하거든. 특히, 내가 가르쳐 준 마나 수련법은 마음을 비울수록 극의에 도달할 수 있는 시간이 짧아지지. 그 점을 잊어서는 안 돼."

숀이 파비앙에게 가르쳐 준 것은 마나 수련법이 아니었다. 그것은 정확히 말하면 내공 심법이기 때문이다. 물론 이곳 사람들이 볼 때는 그게 그거 같겠지만 사실 두 개의 방법에는 엄청난 차이가 존재했다. 그 차이가 아니었다면 숀이 아무리 도와주었다고 해도 파비앙이 겨우 일 년 남짓한 사이에 이렇게까지 고수가 될 수는 없었을 것이다. 어쨌든 그런 내공 심법을 극성까지 익히려면 숀의 말처럼 마음을 비우는 것이 중요했다.

"뭔지 알 것 같아. 하지만 말처럼 쉬울 거 같지는 않네. 마음을 비우라니……."

"내가 조금만 도와주면 한 단계 발전시킬 수도 있는데… 어때? 그렇게 해줄까?"

"바보. 마음을 비우라고 해놓고 그런 유혹을 하면 되겠어? 처음에는 오빠의 도움이 절실했었지만 이제는 사양할래. 여기서 또 도움을 받게 되면 훗날 오히려 더 큰 벽에 부딪힐 것 같은 예감이 들거든."

파비앙이 이렇게 대답하자 숀의 눈 깊숙한 곳에서 짙은 아쉬움의 빛이 일렁거렸다가 그녀가 쳐다보자 순식간에 사라졌다.

그는 도움을 핑계로 이제 제법 성숙해진 그녀의 몸을 슬쩍 주물러 볼 생각이었는데 그게 거절당했기 때문이다.

'어휴, 제자가 너무 똑똑해도 문제로구나. 네 말이 맞기는 맞다만 이럴 때는 그냥 좀 넘어가면 좀 좋아. 하긴 몰래 만지는 것보다는 당당하게 대놓고 만지는 것이 더 좋기는 하겠지. 그래도… 아깝다.'

처음에는 잘 몰랐는데 시간이 흐를수록 파비앙을 안아들 때의 느낌이 확연히 달라졌다.

갈수록 풍만해지는 그녀의 몸매 때문에 숨이 막힐 것 같은 느낌이 들었다. 그리고 그러한 것 때문에 점점 더 그녀를 안고 싶다는 욕구도 커지고 있었다. 이대로 조금만 더 지나면 폭발할 가능성이 높을 정도로 말이다.

"오빠."

"응?"

"또 침이 흐르는 것 같아."

"츄르릅~ 그, 그렇구나. 내가 잠시 다른 생각을 하느라……."

아직 파비앙은 숀의 시커먼 속을 모른다. 하지만 그가 엉큼한 생각을 할 때마다 그녀의 몸속에서 알 수 없는 경보음이 울리는 것 같았다. 그런데 희한한 것은 그녀 역시 그 느낌이 꼭 싫지만은 않다는 데 있었다.

만일 싫었다면 자꾸만 침을 질질 흘리는 숀의 모습에 정이 떨어졌을지도 모른다. 그야말로 숀에게는 천만다행인 셈이다.

"이렇게 되면 결국 수련은 나 혼자 해야 한다는 거네. 그렇지?"

"응. 사실은 그게 정답이야."

숀이 진짜로 마음먹으면 이곳에서 파비앙을 단숨에 소드 마스터의 수준까지 끌어 올려줄 수도 있었다. 그러나 숀은 그녀가 결코 그런 것을 바라지 않고 있다는 것을 알고 있었기에 일부러 거기까지 이야기하지는 않았다.

"그럼 이제 돌아가야 하는 거야?"

"그, 그래야겠지?"

"싫어!"

"응? 싫다고?"

덥석!

"나 오빠랑 이곳에서 단둘이 더 있고 싶단 말이야."

주르륵.

또다시 흐르는 침.

숀은 자신의 등을 끌어안으며 파비앙이 한 말에 거의 정신줄을 놓고 말았다. 평생 이렇게 행복한 기분은 처음 느껴보는 것 같았다.

뒤로 돌아 피비앙의 얼굴을 똑바로 바라보며 숀이 물었다.

"그 말… 진심이야?"

숀의 물음에 그녀는 빨개진 얼굴로 살짝 고개를 끄덕였다.

"나도 그래!"

와락!

순간 숀은 자신도 모르게 그녀를 끌어안았다. 그러고는 가만히 그녀의 입술에 자신의 입술을 포갰다.

"읍."

부들부들.

그러자 파비앙이 그의 입술을 거부하지 않은 채 살짝 몸을 떨었다. 이대로 조금만 더 시간이 흐르면 심장이 멈출지도 모른다는 생각이 들었지만 그렇다고 뒤로 빼기는 싫었다.

아니, 오히려 그녀의 손은 어느새 숀의 목덜미를 감싸 안고 있었다. 마치 죽을 때까지 놓지 않겠다는 듯……. 그렇게 그 둘의 시간은 멈추었다.

Chapter 15

폭풍 전야

1

숀이 파비앙과 행복한 순간을 보내고 있던 그때, 왕궁 한쪽에서는 심상치 않은 기류가 흐르고 있었다.

뭉클뭉클.

부들부들.

빨간 연기가 피어오르는 실내 중앙에 벌거벗은 사내가 온몸을 떨고 있었다. 바로 이왕자 크리스티안이다. 그는 지금 피의 사자에 의해 다시 한 번 힘을 얻고 있는 중이었다. 매우 위험하고 불순한 힘이었지만 말이다.

[이제 눈을 떠라, 필멸자여…….]

형체는 보이지 않았지만 어디선가 피의 사자가 마치 주문처럼 말했다. 그러자 내내 몸을 떨면서 핏빛 안개에 싸여 있던 크리스티안의 눈이 열렸다.

번쩍!

"힘이… 힘이 넘치고 있습니다! 크아아아!"

눈을 뜬 그는 자신의 말이 끝나기가 무섭게 갑자기 벌떡 일어나며 괴성을 질러댔다. 아무래도 주입된 힘이 너무 과한 바람에 내부에서 폭발이 일어나고 있는 것 같았다.

[정신 차려라! 그 상태로 마의 지배를 받고 싶은가!]

울컥!

"으으… 그, 그럴 수는 없습니다!"

피의 사자의 무서운 호통에 크리스티안이 이성을 다시 붙잡았다. 그렇게 정신이 돌아오자 그는 피의 사신이 있는 쪽을 향해 깊이 고개를 숙였다. 복종의 뜻이 담긴 행동이다.

[이게 마지막 고비다. 하지만 기회이기도 하지. 너는 이제부터 최고의 검사가 될 것이다. 그 누구도 대항할 수 없는 그런 무적의 검사 말이다.]

"감, 감사합니다!"

[그러나 내가 정해준 기한 안에도 임무를 완수하지 못하면 네 몸은 그대로 폭발할 것이니 그 점을 명심해라. 알겠

느냐?]

"알, 알겠습니다!"

가만 보니 크리스티안은 자신의 목숨을 담보로 무서운 힘을 얻은 것 같았다. 비록 시한부이기는 해도 이건 분명 일왕자 비스티안과의 세력 판도에 엄청난 변수로 작용할 게 분명했다.

[그 기한은 앞으로 두 달이다. 그 안에 왕국을 네 것으로 만들고 나와 나의 주군께서 원하시는 것을 반드시 바쳐야 함을 명심해라.]

"최선을 다해 임무를 완수하겠습니다!"

피의 사자 반디메디옴과 그의 배후인 레드 드래곤 아함 브로친스킨이 바라는 것은 단 하나였다. 그것은 바로 칼론 왕국이 내란으로 인해 수많은 피를 흘리며 망하는 것이다.

하지만 크리스티안은 이 점을 꿈에도 모르고 있었다. 만일 알았다면 절대 피의 사자와 손을 잡지 않았을 터였다. 자신이 왕국을 차지해 봤자 망해 버리면 무슨 소용이 있겠는가. 하지만 현실은 그를 악마의 꼭두각시로 만들고 있었다.

[좋아. 이번만큼은 틀림없겠지. 멍청한 네 머리에 다시 한 번 새겨두어라. 정확히 두 달 후, 네가 임무를 완수하고 나를 불러내서 마법의 시술을 받지 못하면 그 순간, 너의

몸은 산산조각 날 것이다. 그렇게 되기 전에 임무를 끝내도록.]

"물론입니다. 그동안은 사사건건 바스티안의 방해가 제 발목을 잡았지만 이제 그것도 끝입니다. 또다시 그런 일이 벌어지면 그자부터 없애 버릴 테니까요!"

[크하하하! 지금 그 말을 잊지 마라…….]

크리스티안이 자신의 형을 없애겠다는 말까지 서슴지 않고 하자 만족스러웠는지 피의 사자가 한껏 웃으며 그 자리에서 사라졌다.

그것을 느꼈던지 지금까지 내내 고개를 숙이고 있던 그의 얼굴이 번쩍 들렸다.

"흐흐흐, 온몸에서 엄청난 힘이 느껴진다. 이건 소드 마스터급의 마나가 분명하다. 비록 어둠의 마나이기는 해도 이제 왕국 내에서 나에게 대항할 자는 단 한 명도 없다는 말이지. 이제 나의 말에 반항하거나 맞서는 자는 그게 설혹 내 핏줄이라고 해도 가차 없이 죽이리라."

그가 피의 사자를 알게 된 지도 벌써 이십 년이 넘었다. 처음에는 그저 갑자기 나타난 신기한 말벗 수준이었다. 그런데 어느 날 사자가 그에게 달콤한 제안을 해왔다.

[내가 시키는 대로만 하면 그대를 이 왕국의 왕으로 만들

어주지. 눈엣가시 같은 너의 동생도 제거해 주고 말이야. 어때? 거래를 해보겠는가?]

"그럼 나는 그 대가로 당신에게 무엇을 주어야 합니까?"

[너는 그냥 피를 바치면 된다. 네 피가 아니라 네 적이 될 사람들의 피면 충분하다.]

그 대답에 그는 덜커덕 계약을 하고 말았다. 그리고 이후 크리스티안은 그가 가르쳐 준 대로 멍청한 바스티안 왕자까지 끌어들여 동생 루카스를 제거하는 데 성공했다.

하지만 왕이 되는 길이 그리 쉽지만은 않았다. 피의 사자가 늘 그의 곁에 있을 만큼 한가한 것도 아니었고 또 무엇보다 가장 강력한 라이벌인 형 바스티안이 존재했기 때문이다.

비록 머리는 조금 나쁘지만 바스티안은 특유의 뚝심과 밀어붙이는 추진력을 바탕으로 제법 많은 지지층을 확보했던 것이다. 그러자 그때부터 피의 사자는 그에게 조금씩 힘을 불어넣어 주기 시작했다.

"그렇게 무려 이십여 년의 세월 동안 마나를 받아왔지. 그리고 마침내 나는 완성된 것이다. 그러니 누가 나를 막을 수 있단 말이냐. 타핫!"

서걱! 드드드드… 쿵!

크리스티안이 기합과 동시에 근처 테이블 위에 놓여 있

던 검을 집어 들더니 힘차게 휘둘렀다. 길이가 겨우 45센티미터에 불과한 단검이다. 하지만 그 검을 휘두르는 순간, 갑자기 검의 길이가 쭉 늘어나면서 입구 쪽에 서 있던 동상 하나를 그대로 베어버렸다. 그 순간, 청동으로 만든 그 단단한 동상이 정확히 반으로 갈라지며 무너져 내렸다.

그건 바로 소드 마스터의 상징이라고 할 수 있는 오러블레이드의 발현이었다.

"크하하하! 어릴 때부터 약하다고 늘 바스티안에게 놀림만 받아왔던 이 크리스티안이 드디어 소드 마스터가 되었단 말이다!"

그는 혼자 미친놈처럼 떠들다가 어느 정도 진정이 되자 무언가 생각난 듯 부랴부랴 자신의 침소로 올라갔다. 지금까지 그가 있었던 곳은 지하에 만들어놓은 그만의 공간이었던 것이다.

"밖에 아무도 없느냐?"

"네, 저하!"

"가서 텐신을 불러오너라!"

"알겠습니다!"

그는 명령을 내린 다음 옷을 입기 시작했다. 자신이 내내 알몸이었음을 지금 겨우 자각한 모양이다.

"부르셨습니까? 저하!"

"들어와라."

그가 옷을 다 갖춰 입을 때쯤 텐신이 왔다. 여전히 열심히 잔머리를 굴리고 있는지 꽤나 눈동자가 바쁘게 움직이고 있었다.

"드디어 나의 검술이 완성되었다."

"오! 진심으로 경하드리옵니다, 저하!"

크리스티안이 말하지 않아도 그가 얼마나 강해졌는지 느껴지는 텐신이다. 그의 몸에서 예전에는 없던 무서운 기세가 쉴 새 없이 뻗쳐 나왔기 때문이다. 그래서인지 그는 아예 넙죽 엎드리며 축하 인사를 올렸다.

"됐으니 일어나라. 내 너에게 시킬 일이 있다."

"무슨 일이든 말씀만 해주십시오. 목숨 걸고 이행하겠나이다."

텐신이 점점 사악하고 포악해지는 크리스티안의 옆에서 아직까지 무사히 버티고 있는 첫 번째 비결은 바로 아부 근성이다. 크리스티안은 자신에게 이로운 말은 듣기 싫어하지만 텐신 같은 간신이 하는 아첨과 아부는 좋아했던 것이다.

지금도 내내 허리를 굽실거리며 자신을 떠받드는 듯한 텐신의 태도가 크리스티안의 기분을 좋게 만들고 있었다.

"날이 밝으면 바스티안 왕자의 세력을 아주 철저히 파악해서 가져오너라. 그들 가운데 누가 핵심인지도 알아내야 한다."

"갑자기 그, 그건 왜 필요하신지요? 혹시……."

크리스티안의 말 속에서 섬뜩한 뭔가를 느낀 텐신이 떨리는 목소리로 물었다.

"네 생각이 맞다. 이제부터 전쟁을 치를 것이다. 물론 그 대상은 바로 바스티안 왕자다. 그러니 우리가 가장 먼저 누구를 제거해야 하는지를 정해야겠지. 살인 명부를 작성해야 한다는 뜻이다."

"오! 드디어 칼을 꺼내시려는 거군요. 오늘 이 순간을 기다렸습니다. 저하! 명령하신 대로 철저하게 조사해서 살인 명부를 완성하겠나이다."

넙죽!

또다시 텐신이 바닥에 코를 박았다. 그는 야비한 미소를 짓고 있었다. 전쟁이 시작되면 그동안 자신을 비웃었던 무리들은 물론 현 정보부장마저 제거하고 자신이 그 자리에 앉을 수 있다는 희망이 생겼기 때문이다.

2

크리스티안이 엄청난 힘을 얻고 바스티안 왕자를 칠 준

비를 하고 있을 때 그 당사자는 편안하게 자고 있었다. 하긴 어떤 일이 있어도 무조건 잠은 편하게 자야 한다는 신조를 가지고 있는 사람이니 깨어 있을 이유는 없었다. 그런데…….

툭툭.

"…아흠~!"

그런 그의 앞에 검은 그림자가 나타났다. 이곳은 분명 경비가 삼엄한 왕궁 안인 데다가 그중 가장 경비가 삼엄하다고 알려진 바스티안 왕자의 처소다. 그런데 이런 곳에 침입자가 나타나 바스티안의 어깨를 치고 있다니… 쉽게 믿어지는 일은 아니었다.

퍽!

아무리 쳐도 일어나지 않는 그에 결국 침입자는 짜증이 치밀었는지 어깨를 강하게 때렸다. 아무리 둔감한 바스티안이라도 바로 일어날 정도로 말이다.

"컥! 누, 누구냐!"

벌떡!

"정말 미련스럽군. 때가 어느 때인데 잠만 자고 있는 건가?"

"너, 너는 제국의 스파이?"

원래대로라면 바스티안은 소리를 질러 침입자를 처단하

게 해야 한다. 감히 왕자인 자신의 처소에 몰래 침입해 자신을 쳤으니 당연하다. 그러나 침입한 자가 그와 아는 사이인 듯 놀람에 찬 어조로 말했을 뿐이다.

팟!

"그래도 아주 바보는 아니로군."

"어허! 당신이 아무리 제국의 힘을 등에 업고 있는 사람이라지만 나는 일국의 왕자다. 그러니 말조심하라!"

웃기게도 불은 침입자에 의해 켜졌다. 주객이 전도된 꼴이다. 어쨌든 그렇게 나타난 침입자의 얼굴을 보니 이제 갓 마흔을 넘긴 것 같은 중년인이었다. 나이도 바스티안보다는 어렸던 것이다. 그래서인지 바스티안이 목소리에 힘을 주며 그의 태도를 지적했다.

"이것 봐, 바스티안 왕자. 나 역시 제국에서는 왕자의 신분이라고. 비록 황자들보다는 한참 격이 떨어지지만 그래도 이곳의 왕자보다는 지위가 높다고 할 수 있거든. 그러니 그 입을 함부로 놀리지 않는 게 좋을 거야. 그동안 당신과 서신을 주고받았던 자는 뒤로 빠지고 대신 내가 온 것이지. 무슨 말인지 알겠어?"

그가 정말 제국의 왕자라면 분명 일반 왕국의 왕자보다는 한 단계 위라고 할 수 있었다. 어쨌든 황제와도 먼 인척지간이니 말이다. 물론 칼론 왕국이 제국의 지배를 받는 것은 아니라서 꼭 그렇다고 말할 수는 없겠지만 말이다.

"으음… 그렇다면 이제부터 당신과 이야기를 해야 한다는 건가?"

"맞아. 그리고 내가 왔다는 것은 이제 거의 때가 다 되었음을 뜻하기도 하지. 당신도 벌써 오십인데 이제 슬슬 왕위에 올라야 하지 않겠어?"

놀랍게도 바스티안의 뒤에는 제국이 존재하고 있었다. 칼론 왕국을 노리고 있는 것으로 보아 가까운 마르콘 제국이 분명했다. 그는 일국의 왕자로서 절대 하지 말아야 하는 동맹을 맺고 있었던 것이다.

"그럼 지난번 내가 요구했던 것을 들어주겠다는 건가?"

"물론이지. 그 증거로 내가 온 것이니 말이야. 아참, 아직 내 이름도 말해주지 않았군그래. 들어본 적이 있는지는 모르겠지만 내가 바로 아리스타다."

"헉! 당, 당신이 진짜 '제국의 별' 이라는 말이오?"

이름을 듣는 순간, 바스티안은 심장이 멎을 만큼 놀랐다. 이 대륙에 몸을 담고 사는 사람이라면 이 이름을 모를 리가 없었다. 그 유명한 소드 마스터 중의 한 명이자 '스타 검법' 을 창시한 전설적인 인물이기 때문이다. 그러니 어찌 놀라지 않을 수가 있겠는가.

"나뿐만 아니라 이미 이곳에는 또 한 명의 소드 마스터와 익스퍼트 상급의 기사 세 명이 더 와 있다네. 우리는 일처리를 할 때 우르르 몰려다니는 것보다는 딱 필요한 인원만 빠르게 움직여서 단번에 끝내는 것을 좋아하거든. 그동안 우리는 당신에 대해 많은 것을 조사해 왔지. 직접 접촉을 하면서 당신의 배신 여부도 평가해 보았고 말이야. 그리고 어제 최종 결론을 내릴 수 있었다."

"어, 어떤 결론을 말이오?"

순식간에 바스티안의 태도가 얌전해졌다.

비록 자신도 왕자의 신분인지라 비굴할 정도는 아니었지만 확실히 조금 전보다는 말투부터 공손해진 것이다.

"당신을 이곳의 왕좌에 앉히기로 했어. 대신 앞으로도 우리 제국에 충성을 맹세해야겠지만."

"그, 그건 당연한 이야기요. 내가 왕위에 오르기만 하면 약속대로 매년 공물은 물론 공녀들까지 착실하게 바치겠소. 그러니 이제부터 어떻게 해야 할지나 알려주시오."

바스티안은 자신의 부귀영화를 위해서 나라를 팔아먹는 짓을 하고 있었다. 주권을 빼앗긴 왕국은 진정한 자신의 왕국이 아님을 모르고 있는 것 같았다.

물론 이것은 자신보다 똑똑한 크리스티안 때문에 빠져들게 된 길이기는 했다. 그렇다고 왕국민들에게 용서 받을 수 있는 것은 아니었지만 말이다.

"우리가 조사해 본 바에 의하면 조만간 크리스티안도 움직일 것이다. 그전에 당신과 우리가 먼저 놈의 세력을 쳐야 한다. 그렇지 않으면 나중에 당신이 승리한다고 해도 상처뿐인 영광이 될 수도 있을 테니 말이다."

"그런 일은 나도 바라지 않소. 그리고 당신 말대로 녀석의 세력부터 약화시켜야 한다는 생각에는 나도 찬성이오. 약해지지 않으면 죽기 살기로 더 덤빌 테니까."

그래도 크리스티안보다는 바스티안이 그나마 조금 더 인성이 남아 있었다. 동생을 죽음으로까지 몰고 싶어 하지 않는 것을 보면 말이다.

그는 비록 동생인 크리스티안이 얄밉기는 했지만 그를 죽일 마음은 애초부터 없었다. 루카스 때도 그건 마찬가지였다. 그는 어떻게 해서든지 루카스를 살려놓되 아주 먼 곳으로 보내자고 했던 반면 크리스티안은 후환을 남겨놓을 수 없다며 살인 명령을 내렸던 것이다.

"좋아. 그럼 내일부터 당신이 해주어야 할 일이 있어."

"그게 뭔지 말해보시오."

아무리 대단한 능력자들이 숨어 들어왔다고는 해도 이곳은 어쨌든 남의 나라다. 이곳에 있는 누군가가 협조를 하지 않으면 거사를 성공시키기 쉽지만은 않을 터라 아리스타는 바스티안의 협조를 구하려고 하는 것 같았다.

"크리스티안의 조직을 철저하게 조사해서 그중 가장 위험한 놈들을 추려내야 한다. 그것을 제대로 알아내기만 하면 일은 간단해질 수 있거든. 그들이 우리의 공격을 알아차릴 때쯤이면 모든 것이 끝나 있을 테니까 말이야."

이쪽 놈이나 저쪽 놈이나 생각하는 것이 서로 비슷했다. 원래 사악한 인간들은 머리 굴리는 방식도 같은 모양이다.

이렇게 되면 누가 먼저 정확한 정보를 입수하느냐가 승부의 관건이 될 것 같았다. 아직 양쪽 다 그런 사실은 꿈에도 모르고 있었지만 말이다.

"알겠소. 최대한 빨리 알아내서 전달해 주겠소."

"빨리 서두르는 것보다 좀 더 정확한 정보를 파악하는 것이 훨씬 중요하다는 것을 잊지 마라. 정보가 틀리면 자칫 우리의 피해도 커질 수 있으니까 말이야."

아리스타는 검법 이상으로 여러 방면에서 뛰어난 자 같았다.

작전을 세우는 능력도 그렇고 상대방을 단숨에 휘어잡는 것도 그랬다. 거기에 이처럼 어떤 일이든 대충이라는 개념도 없는 것 같았다.

실로 무서운 인물이다.

"그건 염려하지 마시오, 이미 우리 왕국의 정보부는 내가 꽉 잡고 있으니까. 아직까지 그들의 정보가 잘못된 적은 없었소."

"그 말은 믿어보지. 그럼 시간은 얼마나 주면 되겠는가?"

"앞으로 한 달만 주시오. 그 안에 크리스티안에게 달라붙어 있는 놈이면 개미 새끼 한 마리까지 조사해서 알려줄 테니까."

한 달은 결코 긴 시간이 아니다.

크리스티안을 따르는 세력은 왕국 사방에 퍼져 있다. 그들을 모두 조사하기에는 턱없이 부족한 시간일 수도 있었다. 그러나 바스티안은 이미 평소에도 그들에 대한 자료를 모아두고 있었기에 이렇게 장담을 할 수 있었다.

"그럼 한 달 후에 다시 오지. 수고하라고."

"알겠소."

바스티안이 알겠다는 말을 하자마자 아리스타는 침실의 창문을 통해 어디론가 날아가 버렸다. 그 모습을 지켜보던 바스티안이 갑자기 벌떡 일어나며 밖을 향해 소리쳤다.

"당장 가서 체사레 백작을 들라 하라!"

"네!"

체사레 백작은 그의 심복이자 중요한 후견인 중 한 명이다. 그의 부름에 그를 찾아온 체사레 백작은 바스티안이 흥분한 어조로 무엇인가를 명령하자 정신을 바짝 차리며 재빨리 움직이기 시작했다.

이렇게 칼론 왕국 전체는 폭풍전야의 고요함으로 빠져들고 있었다.

3

지금 왕국 안의 상황이 얼마나 심각해지고 있는지 모르고 있는 숀이었지만 그는 여전히 여러 가지 준비를 하고 있었다. 아직 말도스 공작과는 합류하지 못했지만 케니스 자작과 듀렌을 통해 사방에서 루카스 왕자를 따르던 사람들을 규합해 나갔던 것이다. 그러던 어느 날 갑자기 케니스 자작에게서 긴급 서신이 날아왔다.

〈말도스 공작이 저하를 만나 뵙고 싶어 합니다. 사람들의 이목 때문에 섣불리 움직일 수 없으니 죄송하지만 저하께서 와주십사 하더군요. 장소는 트니안 호수 중앙에 있는 그의 별장입니다. 그가 기다리고 있을 테니 그쪽으로 한번 가보시는 것이 어떨지요?

삼가 케니스 자작이 충심을 다해 올립니다.〉

"아무래도 말도스 공작을 만나보고 와야겠습니다."

"아, 당연히 만나보셔야죠. 그를 우리 편으로 영입할 수만 있다면 정말 큰 힘이 될 것입니다."

테우신 영지의 회의 석상에서 숀이 말을 하자 렌탈 남작이 얼른 그의 말에 동조했다. 그러자 다들 같은 생각인 듯 고개를 끄덕였다.

"그럼 내가 다녀올 동안 얼마 전 내가 말했듯이 잭슨 백작 가문을 어떻게 함정에 빠뜨릴 수 있을지를 연구해 보십시오, 우리의 다음 목표는 바로 바스티안의 최측근 중 한 명인 잭슨 백작이니까."

"알겠습니다! 주군."

그들에게 다시 한 번 당부를 해놓고 숀은 그의 측근이라고 할 수 있는 마법사 멀린과 함께 말도스 공작을 만나기 위해 길을 나섰다.

"오랜만에 주군과 함께 움직일 수 있어서 너무 즐겁습니다."

"자네 그 말… 진심이야?"

"물론이죠. 제가 왜 주군께 거짓말을 하겠습니까? 그러다가 이 좋은 세상을 두고 죽으라고요?"

최근 멀린은 정말 행복했다. 최고의 마법사가 된 데다가 의로운 일을 위해 싸우고 있으니 그럴 수밖에 없었다.

이미 그는 모두의 존경을 한 몸에 받고 있었으며 마법사들 사이에서는 입지전적인 인물로 소문이 나서 최고의 찬사를 듣고 있었던 것이다.

그가 이렇게 될 수 있었던 것은 모두 숀의 덕분이다. 그것을 알기에 그는 더욱 숀에게 충성을 다하고 있었다.

"자네는 눈치가 많이 빨라졌군. 크큭, 나도 자네와 함께 하니 덜 심심해서 좋긴 하네. 자, 그럼 이제부터 속도를 올려볼까?"

"잠, 잠시 만요, 주군! 준비 좀 하고 나서요."

숀이 멀린을 끌어안고 날아가려고 하자 그가 급히 손사래를 치며 그를 말렸다.

"준비? 무슨 준비?"

"제가 최근에 새로운 마법을 익혔거든요. 바로 그레이트 실드라는 것인데 물리 공격을 막아주는 실드보다 더 강화된 마법입니다. 그것을 제가 약간 개조해서 오랜 시간 외부의 힘을 견딜 수 있는 마법으로 바꾸어보았죠. 금방이면 됩니다. 모든 것을 막아낸다. 그레이트 실드!"

비비빙~!

말을 마친 멀린이 주문과 함께 마법을 펼치자 그의 몸 전체에 얇은 막 같은 것이 그를 감쌌다. 보기에는 별거 아닌 것 같지만 이거야말로 6서클 유저 이상의 마법사가 아니라면 흉내조차 낼 수 없다는 그레이트 실드였다.

"하하하! 역시 자네는 날 실망시키지 않는군. 그런 마법까지 익힌 것을 보니 말이야. 아무튼 좋아. 그런 태도 정말 마음에 들어. 자, 그럼 이제 가보실까?"

팟!

"으악! 역, 역시 그래도 무서운 것은 어쩔 수 없는 모양입니다."

마법까지 써서 몸을 보호했지만 막상 손이 허공으로 날아오르자 멀린은 또다시 비명을 지르고 말았다.

이건 단순히 마법으로 어찌할 수 있는 것이 아니었다. 바로 인간이 가지고 있는 가장 기본적인 공포심을 자극하는 상황이기 때문이다.

하지만 그렇다고 멈출 손은 아니었다. 그는 그야말로 순식간에 트니안 호수 앞에 멈추어 섰다.

"아이고~ 하늘이 빙글빙글 돕니다. 그려."

"이런 엄살쟁이 같으니라고. 어쩔 수 없군, 이리 와보게."

비틀비틀.

꾹! 꾹꾹!

땅에 착지하자마자 멀린이 해롱거리자 손이 그를 불러 몇 군데 혈도를 눌러주었다.

"휴우, 이제야 좀 살 것 같습니다. 역시 주군께서는 최고이십니다."

"쓸데없는 소리 하지 말고 매직 아이즈(Magic eyes)인가 뭔가로 저 앞을 한번 살펴보게. 저곳이 진짜 말도스 공작의 별장인지 잘 모르겠거든."

숀 정도의 실력이면 2킬로미터 이상은 떨어져 있는다고 해도 호수 중앙에 있는 섬을 자세히 볼 수 있었다. 하지만 멀린은 마법을 사용해서야 숀의 말대로 섬 안에 건물이 있는 것을 발견할 수 있었다.

"건물 앞쪽에 세워져 있는 깃발을 보니 말도스 공작의 별장이 확실한 것 같습니다. 그의 표식이거든요."

"그래? 그렇다면 어서 가보자고. 가만있자. 다시 날아가면 저들이 놀랄 테니 이번에는 물로 가보는 게 어때? 혹시 마법 중에 물 위를 걸을 수 있는 마법은 없는가?"

숀의 발상은 확실히 일반인들하고는 달랐다. 아무리 마법이라고는 해도 사람이 물 위를 걸을 수 있냐니……. 듣는 대상이 멀린이 아니었다면 미쳤다고 할 만한 질문이었다.

"그런 마법은 없습니다. 플라이가 그나마 허공을 날 수 있기는 합니다만 그것으로도 2킬로미터 이상을 날아가는 것은 무리입니다. 대신……."

"대신 뭔가?"

"응용을 해서 건널 수 있는 방법은 있을 것 같습니다. 바로 얼음 계열의 마법인 아이스 스피어를 섬 방향으로 쏘아 보내서 물을 얼려 길을 만드는 것이지요. 그런 다음 그 위를 걸어가면 될 것입니다."

"호오, 그거 좋은 방법이로군. 재미있을 것 같기도 하고 말이야."

지금 이것도 멀린이 6서클 이상의 마법사이니 가능한 방법이다. 아이스 스피어는 4서클만 되어도 쓸 수는 있지만 이처럼 호수 위에 얼음길을 만들 수 있을 정도로 냉기가 강력하진 않기 때문이다. 이러나저러나 궁합이 척척 맞는 주종 관계다.

"그럼 시작하겠습니다. 어둠에서 시작된 지옥의 찬바람이여. 이곳에 너의 힘을 보여라! 아이스 스피어~!"

츄아아아악~!

쩌저저쩍!

멀린의 주문과 함께 아이스 스피어가 호수 바닥 위로 힘차게 뻗어 나갔다. 그러자 동시에 그것이 날아간 방향으로 길게 얼음이 얼어 정말 길과 비슷한 모습을 만들어내었다.

"지금입니다, 주군!"

탁탁탁…….

멀린이 고함을 치며 먼저 얼음길을 열심히 달렸다. 하지만 손은 그런 그를 가만히 바라보다가 미소와 함께 태연히 물 위를 걷기 시작했다.

"하하, 그 길은 자네한테만 필요한 거였네. 나는 굳이 얼음의 도움이 없어도 되거든."

하긴 숀 정도 되는 무공의 고수가 물의 부력을 이용해 물 위를 걷지 못한다는 것이 더 이상할 터였지만 그런 원리를 모르는 멀린은 또 한 번 턱이 빠질 만큼 놀랐다.

"어버버… 주, 주군은 대체 사람이 맞는 겁니까? 사람이라면 어떻게 물 위를 걸을 수 있는 거냐고요?"

"자네 그렇게 떠들다가 얼음이 녹으면 빠질 텐데?"

"헛! 그렇군요. 이따 다시 말씀드리겠습니다. 이얍!"

다다다다~!

숀의 말대로 얼음이 녹으려고 했다. 물과 닿아 있으니 당연하지 않겠는가. 그것을 깨달은 멀린은 엉덩이에 불이라도 붙은 사람처럼 미친 듯이 뛰고 또 뛰었다.

『건들면 죽는다』 12권에 계속…